종이 묵주

종이 묵주

그러므로 나는 일기를,
일기는 나를 지킬 수 있다

박문영 지음

위고

차 례

4. 일기의 클리셰

들어가며

일기장이 방에 있는 이유

　　　　　어쩌다 일기를 쓴다는 사실이 들통나면 주변이 살짝 소란스러워지곤 한다.

"와, 데스노트! 거기에 사람들 욕 다 써놓는 거 아니에요? 조심해야겠네."

몇 번 안 본 사람도, 오래 본 사람도 눈을 가늘게 뜬다. 빼곡한 글과 그림에 고개를 저으며 넌더리가 난다고, 징그럽다고, 지독하다고 말하는 사람도 있다.

"후루룩 볼게. 자세히 안 읽을게."

일기장을 덥석 집는 사람들은 그나마 다감하고 정다운 편에 속한다. 산책 중에 멈춰 서서 일기를 쓰던 날에는 누군가 차 문을 박차고 뛰어나온 적도 있다.

"적지 마세요! 딸이 잠깐 뭘 사러 간 거예요. 여기 댈 데가 있어야지."

그는 내가 불법 주정차한 차량의 번호를 기록해 신고하는, 이웃 같지 않은 이웃이라고 생각한다. 일기장을 펼쳐 번호가 없는 걸 확인시켜줘도 상대의 의심은 누그러들지 않는다.

타인의 과오를 낱낱이 수집하는 인간, 시시콜콜한 것들을 죄다 마음에 담아두는 뒤끝 있는 인간, 결정적인 순간 증빙 자료를 들이밀지 모를 치밀한 인간, 어딘가 음습해 가까이하기 꺼려지는 인간, 매일 자신을 구석구석 검열하는 냉혹한 인간, 자의식이 강력해 부담스러운 인간. 일기를 쓰는 사람은 종종 이런 근거 있는 오해와 편견에 내던져진다. 이러다 보니,

"너무 부지런한 거 아니야? 어떻게 이렇게 써? 아, 나는 틀렸어."

경계 태세 없이 감탄하는 사람들을 만나면 도리어 당황한다. 내가 얼마나 게으른지, 얼마나 헐렁한지 주절주절 자백할 일도 생긴다. 차라리 '너는 참 좀스럽고 한가하구나' 하는 눈길을 받는 게 낫나, '네가 뭔데 그렇게 생각이 많아?'라는 태도를 마주하는 게 낫나.

일기를 폄하하는 반응만큼이나 일기를 경이로워하는 반응이 난감한 이유는 하루를 기록한다는 행위 자체에 특별히

숭고한 미덕이 있지는 않기 때문이다. 인류 중에는 일기를 절대 쓰지 않는 위인도 있고, 일기를 정성껏 쓰는 범인도 있다. 맞다. 범인凡人 말고 그 범인犯人.

경찰학 전문가들은 회고록을 쓰는 범죄자의 심리를 분석할 때 중화이론이나 중화기술을 언급한다. 넓게는 무효화 또는 약화 정도로 풀이할 수 있는 용어인데 말하자면 범죄자들이 자신의 역사를 쓰는 목적에는 잘못을 직시하기 고통스러워 책임을 외부로 돌리는, 자기 합리화의 의도가 내포되어 있다는 것이다. 그들은 자신이 죄를 저지를 수밖에 없었던 이유가 '세상'에 있다고 말한다. 하지만 세상이라는 단어 자리에는 '양육자', '피해자', '홧김', '취기', '햇빛' 그 무엇이든 들어갈 수 있다. 자신에게 불리한 사실은 지운 채 인과관계를 무리하게 잇고 그 비약을 정당화하는 이들은 세상이라는 단어 자리에서 '나'를 뺀다. 정확히는 '나'만 뺀다. 그럴 때 그의 일기는 일종의 퇴행이나 답보의 기록에 가까울 것이다. 고장 난 오디오가 노래의 한 구간만 빙빙 반복하는 것처럼. 뒤져보면 내 지난 일기 중에서도 축축하고 지저분한 자기 연민의 후렴구가 있을 게 분명하다. 다시 들춰 볼 생각은 전혀 없지만.

일기인들은 결국 동료 시민에게 불필요한 공포와 불안

을 떠안기는 사람들일까. 경험에 비추어볼 때 나는 쓰지 않으면 생각이 온데간데없이 흩어져서 쓴다. 산만해서, 관심사가 수시로 변해서, 한 우물을 진득하게 파지 못해서, 겁이 많아서, 말을 매끄럽게 할 수 없어서, 눈코 뜰 새 없이 바쁘지 않아서 펜을 든다. 기억력이 좋아서 쓰는 게 아니라, 쓰고 나면 간신히 기억할 수 있게 되는 것뿐이다. 지구력이 있어서 쓰는 게 아니라, 쓰고 나면 끈기가 가늘게 이어지는 것뿐이다. 유년기에 몸이 너무 허약해 운동을 시작했다는 선수들처럼 말이다(나도 누군가에게 맞고 나서 격투기를 배웠다).

일기에 관해 최근에 들은 질문은 아래와 같다.
"아무래도 그거 쓰는 시간이 좀 아깝지는 않아?"
글쎄, 그렇다고 내가 다른 시간을 엄청나게 생산적으로 쓰는 것도 아니니까. 그리고 다른 자원에 비해 시간과 종이가 있는 편이니까. 말이 나왔으니 한 인간이 일기를 쓸 수 있는 조건을 한번 정리해볼까.

1. 잠잠한 시간
5분이든 10분이든 하루의 유속을 가만히 감지할 수 있는 틈이 필요하다.
2. 적정량의 종이

종이가 부족한 국가에서 모든 개인이 매해 일기장을
소유하기는 어려울 것이다.
3. 약간의 여유와 의지
과로와 스트레스가 임계치에 이른 이에게 일기는
어이없는 사치와 다름없을 수 있다.
4. 사생활이 보호되는 환경
3번까지는 전부 있다손 치더라도 일기인이 사는
곳에는 그의 일기를 엿보는 사람과 일기 속 사상을
검증하려는 정부 기관의 촉수가 없어야 한다.

일기 쓰기는 이 네 가지 조건이 충족되어야 할 수 있다는
점에서 일종의 특권이 맞다. 그러나 이 특별한 권리는 사실
인간이 기본적으로 누려야 할 권리에 가깝지 않나. 우리는
하루를 돌아볼 수 있어야, 자유가 있어야, 쉴 수 있어야 한다.
오늘을 복기하며 내일을 빼꼼히라도 내다볼 수 있어야 한다.

그러므로 (갑자기 간주 점프) 일기인에게는 자신과 일기
를 되도록 보호할 권리와 책임이 따른다. 얼마 전부터 나는
여러 사람을 만나야 할 자리에 일기장을 두고 나서는 일이
잦다. 대신 손바닥 크기의 수첩만 챙긴다. 상대에게 일기를
수십 년 써왔다는 말은 섣불리 꺼내지 않는다. 귀가 후 수첩
의 메모를 토대로 일기를 다시 쓴다는 도시 괴담과 같은 이

야기는 사람들을 충격과 비탄에 빠트릴 테니 더더욱 비밀이다. 구름 한 점 없이 맑은 날, 먹색 장우산을 끼고 다니는 사람을 본 것처럼 흠칫 놀라는 이들의 표정을 이제는 피하고 싶다.

우연히 나로 태어난 내게 이제껏 세상을 발견하기 가장 적합한 도구는 글과 그림이었다. 세상을 연역적으로 대하기 어려운 나는 매일의 기록이라는 채집 활동을 통해 주위 환경과 나름의 관계망을 만들어가는 중이고 글과 그림이라는 두 도구로 일기를 쓰는 시간은 하루 중에서 가장 적적하고 평화롭다. 이 또한 안전해서 쓸 수 있는 게 아니라, 쓰면서 안전해지는 것뿐이다. 내게 일기가 상징하는 공간은 넓고 아늑한 거실이 아니라 휴대용 돗자리에 가깝다.

이 휴대용 돗자리는 비상시에 밖으로 탈출할 수 있는 완강기가 될 수 있다. 강력한 직사광선을 막는 파라솔이 될 수 있다. 근력을 길러주는 계단이 될 수 있다. 숨과 시야가 트이는 옥상이 될 수 있다(의심쩍은 수사에 거부감이 든다면 다음의 장황한 접근은 어떨지). 일기는 파도가 밀려오는 모래사장에 그리는 크로키와 만다라 또는 뜨개질, 스트레칭, 마늘 까기에 이르기까지 맑고 연한 심경으로 할 수 있는 그 어떤 일과도 교집합이 드넓다.

○ 1. 세상의 속도에 압도되지 않는 ○

버스 맨 뒷자리

　　　　　사회가 나를 기록하는 방식은 간편하다. 주로 생물학적 분별이 먼저다. 만 00세, F/M. 세부적으로 들어가도 쉽다. 국적, 생년월일, 주소, 연락처, 전자메일, 계좌번호. 더 구체적으로는 가족 관계, 질병 유무, 은행 잔고 등의 항목이 추가될 수 있다. 폐쇄 회로 화면에게 나는 가끔 나타나 이동하는 픽셀이고 카드 회사에게 나는 크고 작은 물건을 사는 수많은 고객 번호 중 하나다.

귤
두부 과자
손 세정제
1월 20일 19시 24분

영수증은 인상적인 구석이 없고 목록도 대수롭지 않다. 어딜 돌아다니든 뭘 먹고 뭘 사든 그게 왜 중요한가. 이날 나의 고민, 동선, 갈등 역시 구매 내역으로는 잘 드러나지 않는다. 하지만 영수증을 토대로 한 이날의 일기는 내가 어디를 돌아다니고 뭘 먹고 뭘 사는지 자각하게 한다. 일기에 적힌 그날의 몇 줄은 나를 픽셀이나 고객 번호가 아닌 하나의 개인이 되게 한다.

> 마트에서 귤과 두부 과자와 손 세정제를 샀다. 연휴
> 동안 잠시 고용된 듯한 아르바이트생들이 높이 쌓인
> 과일 상자 앞에서 어색하게 서 있었다. 천혜향을
> 사라는 표정인지, 천혜향을 절대 건드리면 안 된다는
> 표정인지 분명치 않았다. 우리는 각자의 나쁜 혈색과
> 뻣뻣한 자세를 못 본 척했다. 덮어두고 상대의 안녕을
> 빌기. 마주치는 모두에게 소소한 복이 닿길 바라기.
> 아마도 이 태도가 정월 즈음의 예의일 테니까.
> 마트에서 나오는 길, 보도 끝에 축 처진 고양이를
> 보고 깜짝 놀랐다. 고양이가 아니라 목도리여서
> 다행이었다.
>
> 1월 20일

펼쳐 보면 부질없는 글자 뭉치인 일기는 어쩌면 어디에

도 활용할 수 없다는 점에서 가장 유용할지 모른다. '창백한 푸른 점'은 그저 한 장의 사진이지만, 그 이미지가 우리가 우주에서 얼마나 작고 덧없는 존재인지 매번 깨닫게 해주는 것처럼(그러고 보니 오래전 열린 전시에서 내가 관람용으로 가져다 둔 일기장을 훔쳐 간 사람은 그걸 언제, 어디에 버렸을까).

개인, 이리저리 휩쓸리고 어지럽게 헤매는 개인. 개인의 정처 없는 궤적은 대체로 초라하다. 보통은 괜한 움직임처럼 보이기도 한다. 그러나 궤적 자체가 남아 있지 않으면 그 시기 내가 어떤 개인이었는지 영영 알 수 없게 된다. 누구를 만나고 무슨 대화를 하고 어떤 교감을 나눴는지, 살아 있던 내가 세상의 어떤 좌표를 떠돌았는지 가늠할 수 없게 된다. 영화 〈센과 치히로의 행방불명〉에서 센이 자신의 진짜 이름 치히로를 잊어버리고 지내는 나날과 같이.

그런 면에서 일기는 '단일한 나' 자체가 아닌 내 '시야의 변화'를 담는 1년 단위의 관찰서이자 카오스 기록 일지라고 말할 수 있을지 모르겠다. 해묵은 일기장을 펼쳐 본 사람이라면 알 수 있듯 그곳에는 누구보다 낯선 자신, 내가 변하고 있다는 사실을 전혀 모르는 자신이 자리한다. 나와 가장 가까웠다고 여겼던 내가 실은 나와 가장 먼 곳에 있는 것이다.

지금의 나와 그때의 나는 일치하지도 심지어 친밀하지도 않다. 물론 사람은 잘 변하지 않는다는 통념은 힘이 세지만 자신의 지난 일기를 훑어본 사람들은 한번쯤 이런 상념을 품어보지 않았을까. 우리가 사람은 안 변해, 라는 통념을 확인하기 위해 살아가는 건 아니라는 사실을.

수도권 바깥으로 이사한 지 얼마 안 된 어느 겨울 오후, 버스에 올랐을 때 봤던 사람들을 잊기 어렵다. 80대 전후로 보이는 승객들은 전부 뒷좌석에 앉아 있었다. 서울과 경기를 오가는 버스에서 그들 또래의 사람들은 거의 앞 좌석에 홀로 앉아 있었고 어쩌다 젊은이들이 가까이 오면 더욱 지친 기색을 내보이곤 했다. 하지만 겨울 버스의 그들은 무료한 눈빛으로 다른 사람의 등이나 머리통을 보는 대신 동행들과 함께 창밖을 봤다. 말없이 가는 대신 어깨를 포갠 채 장난을 치고 웃었다. 그들은 졸업 사진을 찍으려고 한자리에 모인 6학년 아이들과 비슷해 보였다. 할머니와 할아버지라는 호칭이 어색한, 어쩌다 보니 노인을 연기하게 된 아이들처럼.

시장에서, 거리에서, 카드 단말기 앞에서 그들은 김장 재료를 산 한 무리의 고령층에 불과하다. 그렇지만 버스 뒷자리의 그들은 장바구니의 창백한 무, 파, 새우젓과는 전혀 무

관해 보일 정도로 영민하고 생기 있는 개인이었다. 버스에서 내린 나는 곧 무거운 짐을 든 채 입을 다물고 집에 들어갈 각자의 뒷모습을 그려갔다. 다시 비워지고 말 뒷자리 의자들을 떠올렸다.

누구에게도 보여줄 필요가 없는 문장. 금세 휘발하고 말 장면과 심상. 사진과 영상으로 담을 수 없는 풍경. 뭉개진 원경에서 골라내는 각각의 존재들. 일기에 그런 걸 쓰고 그리는 일도 버스 뒷자리에 앉아 있는 일과 비슷하다고 생각하면서.

가지치기

날씨가 유난히 찬란한 환절기, 집에서 나갈 생각이 없을 때면 작업을 제외한 세상 모든 일이 흥미진진하다. 작업을 제외한 세상 모든 일이 흥미롭기에 작업 속도가 나지 않는 것일지 모르지만. 몇 자 적다 만 문서를 다른 창 뒤에 숨긴 나는 가스레인지와 커피 머신 청소를 마치고 잠든 고양이들 이마에 뽀뽀를 퍼붓다가 나지막한 한숨 소리를 듣고 나서야 뒤로 물러난다. 몸을 틀어 밖을 보니 뜰이 정글처럼 보인다. 그래, 꼭 해야 하는 일이 있었네. 나는 웃자란 나무들을 분연히 손보기 시작한다. 팔이 뻐근해질 때까지 끈적이는 풀, 잔가시가 가득한 줄기, 말라 비틀어진 잎사귀를 잘라낸다.

가지치기의 핵심은 구조를 봐야 한다는 것. 겉만 조금씩

쳐 봤자 손이 여러 번 갈 뿐이고 오늘의 노동은 비효율적으로 흐를 것이다. 그러니 나무가 설계 중인 몸, 해와 바람을 따라 뻗어 가려는 길, 그가 장악하고자 하는 근미래를 골똘히 들여다봐야 한다.

'아, 저곳을 잘라야 한다. 깊숙한 곳의 저 지점을.'

가위를 쥔 손에 힘을 준다. 잎사귀가 아무리 반짝여도 그게 병들어가는 줄기 끝에 매달려 있다면 끊어내야 한다. 잎이 무성히 북적이는 그곳에서는 더 이상 새순이 나올 수 없기 때문이다. 문장이 아무리 마음에 들어도 세부가 이야기를 방해하려고 하면 백스페이스키를 단호히 눌러야 하듯이.

세상 밖으로 나오는 이야기 역시 초안에서 최소 30퍼센트 정도가 생략되어야 한다(고 생각한다). 하고 싶은 말을 전부 쏟아낸 초안 그대로의 작품은 드물게 훌륭하고 대체로 막연하다. 하지만 일기만큼은 그렇지 않다. 이 장르는 가지치지 않은 생각을 수용하는, 문장이 웃자라고 겹쳐서 그늘이 생기는 현상을 환영하는 전통과 준칙을 갖고 있기 때문이다.

'내치지 않을게. 일단 말해봐. 괜찮아, 시간 있어.'

일기는 배터리 충전이 필요 없는 AI가 되어 내 앞에 있다. 관대한 일기 앞에 필요한 것은 단상과 침묵이지 구조와 목차가 아니다. 그런 면에서 하루의 일과를 차례대로 소상

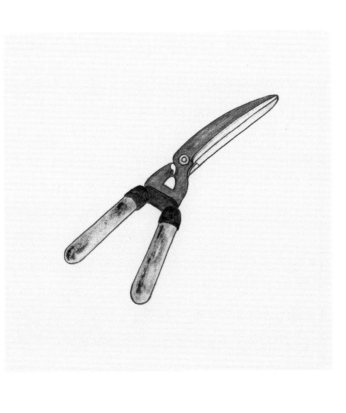

히 적는 게 일기라는 보편적 개념은 일기에 관한 깊고 오랜 오해일 수 있다. 우리가 어린 시절 억지로 써야 했던 일기는 정말 일기였을까. 그날 뭘 했는가, 라는 틀만이 일기를 정의할 수 있을까. 어제의 질문이 오늘 어떤 답을 받았는가, 또는 어떤 질문으로 이어지는가, 라는 틀은 왜 일기를 정의하는 서술 맨 뒷자리에서 서성이나. 일기가 일기다움을 벗어난다면, 그 온건한 형식에서 벗어난다면, 일기는 우리의 사유를 더 확장하는 무궁한 장이 될 수 있을 텐데. 자기 자신과의 끝장 토론부터 토론 뒤의 암전까지 전부 담을 수 있는.

일기가 유치하고 단조롭다는 편견 역시 일기가 숙제로 여겨졌기 때문일 수 있다. 지친 교사와 지친 학생이 벌이는 약속 대련. 읽는 사람과 쓰는 사람이 아무 기대 없이 임하는 과업. 자비롭게도 초등학교 4학년 때 교사는 일기에 쓸 내용이 없다면 굳이 쓰지 않아도 된다고 말했다. 교사의 혁명적 발상에 크게 탄복한 내가 정말 '쓸 것 없음'이라는 네 글자로 일기를 채우기 시작하고, 반 아이들이 그 행렬에 마구잡이로 동참했을 때 (분을 삭인 게 분명해 보이는) 그가 나를 불렀다.

"문영이가 선생님이 한 말을 이렇게나 잘 기억할 줄 몰랐네. 그래도 '쓸 것 없음'은 일주일에 한 번만 쓰면 어때?"

그 교사는 일기를 쓰고 싶지 않을 때는 쓰지 않아도 된다

는 자신의 제안 때문에, 내가 일기에 친숙해질 수 있었다는
사실을 알까.

규선은 자신이 출연한 영화를 본 적 있다며 다가오는
남자들에게 밑도 끝도 없이 빠져드는 악습이 있었다.
사고가 일어나는 장소는 보통 술자리 또는 술집 옆
흡연 구역이었다. 대현과의 교제 중에도 다른 교제가
쉬웠고 일상엔 문제가 없었다. 배우 생활 8년 차.
팬이 적고 자존감이 낮으며 유년기의 트라우마를
제대로 대면하지도, 치유하지도 못한 상태에서
자꾸 벌어지는 촌극이었다. 규선은 자신에게 정말
관심이 있는 사람은 온라인에서 오프라인으로 좀체
이동하지 않는다는 사실을 자주 망각했다. 규선의
행보를 지켜보는 소수의 팬은 어쩐지 그를 닮아
영화에 대한 소회나 감상을 적극적으로 피력하지
않았다. 큰 목소리로 직접 말을 거는 이들은 대체로
출연작의 제목과 내용을 떠올리지 못했다. 규선은
군인 배역을 맡은 적이 없는데도, 자동차 추격 신이
있는 액션물에 나온 적이 없는데도 고맙다며 미소를
지었다. 그리고 얼마 지나지 않아 상대가 높이 쳐든
손바닥에 손바닥을 맞대고 웃었다.

6월 8일

일기에 소설이 되기 전 소설, 앞뒤 없는 장면을 쓰는 날도 있다. 이를테면 소설의 잔털이나 젖니 정도라고 할 수 있을까. 규선과 대현은 아직 갈등에 휩싸이기 전이며 규선의 호된 시련은 시작조차 되지 않았다. 내가 장면의 전후 상황을 더 궁리하지 않는다면, 두 사람의 서사는 전조에서 끝날 것이다. 하지만 이 일기는 우선 일과와 일지의 성격을 벗어났다는 데 의의가 있으니 소설이 되지 않아도 괜찮다. 이런 일기를 쓰는 시간은 직업이 없는 시간. 목적 없이 이 나무, 저 나무를 오가는 청설모나 박새처럼 지내는 한때.

가지치기를 마치고 낮잠에서 깨니 해가 다 졌다. 부랴부랴 마당 고양이들에게 밥을 주고 다시 현관으로 가려는데 보리수 나뭇잎 끝에 뭔가가 흔들리는 게 보인다. 벌레 하나 없이 달빛만 걸린 거미줄이다. 낮에 미처 못 봤던 거미의 집은 생각보다 크다. 그의 건축물은 커다란 비눗방울처럼, 바다를 떠다니는 기름 막처럼, 물결 위의 동심원처럼, 낡은 악보처럼 보이기도 한다. 덧없고 찬란한 것. 애잔할 정도로 성실한 것. 매일 죽고 매일 태어나는 것. 거미가 만든 정교하고 유연한 공간은 일기와 비슷한 데가 있고, 한낮에 그 많은 가지와 문장을 무심하게 없앤 나는 잎새 끝의 거미줄만큼은 그대로 두기로 한다.

2. 일기의 속도

헬스장에서

허리가 쑤셔도, 이불 속에 있어도, 책상 앞에 앉아도, 당장 밖으로 나서지 않아도 새로 등록한 헬스장이 새벽 여섯 시부터 문을 연다는 사실을 생각하면 마음 한구석이 평온하다. 내가 선히 그릴 수 있는 공간에서 누군가 근면하게 몸을 단련하고 있을 거라고 짐작하면 세상의 어떤 영역은 아직 몰락하지 않았다는 기분이 들기 때문이다. 비록 휴대폰 볼륨을 최대로 올려 자신의 선곡 센스를 모두에게 뽐내고 싶어 하는 회원, 역기를 들 때마다 악귀를 내쫓듯 고함을 지르는 회원(하지만 이때 소리를 내지 않으면 심장과 폐에 무리가 갈 수 있다는 사실을 명심하자), TV 앞자리가 시사 팟캐스트 스튜디오라고 믿는 회원이 있지만 눈썹을 잠깐 들어 올린 뒤 이어폰을 끼면 헬스장은 다시 날 위한 작은 요새가 된다. 이 요새에는 세 개의 미덕이 깃들어 있다. 1. 일요일과 공휴일을 제외한 모든 날, 새벽부터 밤까지 문이 열려 있다는 전제가 주는 안정. 2. 운동 기구를 제외하고 나를 극심히 고통스럽게 하는 존재가 없다는 믿음. 3. 말 걸 일이 있을 때는 존칭을 쓰고 속 깊은 대화는 나누지 않는다는 암묵적 규칙에 따른 평화. 타인과의 거리 조절이 능숙한 개체들이 각자의 체력 증진에 힘쓰는 이곳은 이제껏 오래 유지된 질서 덕에 오늘도 회원이면 누구나 무심하게 들를 수 있다.

얼마 전 받은 심리검사 결과는 예상대로 좋지 않았다. 우울과 불안 영역에서 보편적이지 않은 신호가 잡혔고, 지표와 수치는 위태로웠다. 스스로를 고립시키려는 시도와 편집증적 사고방식이 서로를 격려하며 자라난 형국이었다. 오래 억압한 감정, 오래 무시한 감정이 이토록 무럭무럭 성장했구나. 내 안에서 절대 지치지 말자며, 기운을 잃지 말자며 각자의 용기를 북돋아주고 있었구나. 덤벨은 혼자 든 게 아니었어. 데드리프트와 레그프레스도 혼자 한 게 아니었어. 우울과 불안, 언제나 너희들과 함께였어. 올 포 원, 원 포 올!*
러닝머신에서 내려온 나는 어느새 머리통을 떨구고 상

---

* All for one, One for all(모두는 하나를 위해, 하나는 모두를 위해)! 알렉상드르 뒤마의 소설 『삼총사』 속 총사들의 구호.

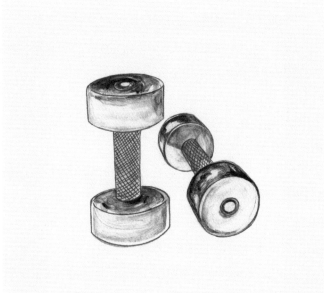

담사의 말을 골똘히 되새긴다. 내가 그간 밀접한 관계를 맺은 이들에게서 주기적으로 유무형의 폭력을 겪어왔기에 안정성을 추구하려는 경향이 짙게 나타난다는 소견을. 상담사가 읽어낸 나의 플롯은 다음 장면을 예측했는데도 놀라고 말았던 단편소설처럼 느껴졌다. 이런 사람에게 홀로 골똘히 일기를 쓰는 행위는 유해할까, 무해할까. 그러니까 일기는 열심히 고독해지려는 이의 병리적 증상을 강화시킬까, 승화시킬까.

모든 일기는 사실 편향과 왜곡의 기록에 가깝다. 그저 '나'라는 임시적이며 유한한 렌즈가 포착한 굴절의 풍경을 빈 지면에 쌓는 것이다. 발이 없는 일기는 다른 타인을 필요로 하지 않는다. 스스로라는 타인을 필요로 할 뿐이다. 그제, 어제, 아까의 나를. 이미 나를 떠나 앞날을 모른 채 어딘가로 가고 있을 나를. 너무 오래 일기를 쓰면서 일방성을 두텁게 만들었기 때문일까. 해가 갈수록 나는 성숙하면서 미성숙한 사람이 되어간다. 나만 아는 인간이면서 나를 조금도 알지 못하는 인간, 어디든 갈 수 있는 동시에 어디든 머물 수 없는 오리너구리 같은 인간이.

어느 한겨울, 얼다 만 살얼음판 위에 서 있는 것처럼 정신이 위험했던 날은 친구에게 문자로 짧은 대화를 요청했다. 울고 있느라 목소리를 낼 수는 없었지만, 손으로 휴대폰을 꽉 쥘 수 있을 만큼의 힘은 남아 있었다. 친구는 장례식장에 있으니 내일 통화하자고 답장을 보냈다. 배우자의 친척이 돌아가셨다고 했다. 친구의 형편을 헤아리지 않고 무작정 말을 건 나는 그 답을 읽은 직후 오늘만큼은 그가 내 친구일 수 없다고 생각했다. 그날 죽은 사람을 밀치고. 망자 곁의 친구가 나의 방향과 속도에 따라주지 않는다는 이유로. 일방성의 위험은 이토록 무참한 것이다. 자신이 세상에서 가장 위급한 사람이라는 판단을 멈춰 세울 수 없는 사람은 세상을 계속 나락으로 인식한다. 세상을 조소할 때면 사람들이 나와 같은 겁쟁이로 보이고, 세상을 탐험할 때면 사람들이 나와 같은 조력자가 된다는 사실을 잊는다. 이튿날 정신을 차린 나는 친구에게 사과했다. 너를 원망했다고. 아찔하게도 너를 친구가 아니라고 생각했다고. 친구와 나는 코를 훌쩍이며 서로에게 다시 미안하다는 말을 건넸다.

사람을, 움직이는 사람을, 움직이면서 말하는 사람을 믿다 보면 위로와 고통이 번갈아 찾아온다. 우리가 밀물과 썰물 중에 하나만 원할 수 없듯이. 그러니 살아 있는 동안에 겪는 일은 이성과 행동에 더해 '이 또한 지나가리라'라는 초월적 사고방식으로 통과하는 수밖에. 이따금은 '죽고 사는 것 말고 중요한 건 없어'라는 강경한 내규가 필요한 순간도 있다. 나는 나의 127번 번뇌가 127번째 번뇌라는 사실을 알면서도 덤덤히 말한다.

"선생님, 일단 대기표를 끊고 줄을 서세요."

오전 일진이 사나웠던 행정복지센터 공무원처럼 굴지 않으면 그의 원성은 어느새 걷잡을 수 없이 커질 것이다.

"아, 이건 창구 말고 무인 발급기에서도 가능한데요."

가까스로 내 앞에 도착한 번뇌에게 나는 다시 말한다. 이렇게 자잘한 고통은 좀 알아서 증명서를 떼시라고. 통합 민원 창구에서 정말 통합 민원을 요구하지 말라고. 나의 응대는 투박하고 건조해도 타당하게 여겨진다. 얼마 전 이런 영화를 봤기 때문이다.

미하엘 하네케의 2012년 작 〈아무르〉는 돌봄 노동이라는 주제 하나로 압축할 수 없는 영화다. 주인공 노년 부부 집에는 종종 딸이 찾아온다. 관객은 이미 노부부의 입장에서 영화를 따라가기에 중년의 딸이 너무 젊어 보일 따름이다. 딸이 겪는 문제도 그저 가볍고 뻔하며 심지어는 산뜻하게까지 여겨진다. 배우자의 외도 따위, 프랑스에서는 에스프레소가 옷에 튀는 일만큼 흔하지 않은가. 카메라는 딸이 떠나간 뒤 남겨진 부부를 다시 비춘다. 그러면 질병과 죽음 바로 앞줄에 서지 않은 사람이 겪는 내면의 역동은 무척 작은 것 같다는 오해와 초합리화가 가능해진다. 그래서 나는 201번째 번뇌에게 무례를 무릅쓰고 조언한다.

"죄송하지만 마음이 무너질 때는 무너질 마음이 있는 걸 다행으로 여겨야 할 수도 있어요. 결국 고비를 견뎌내는 도구는 사소한 질서, 매일 조금씩 쌓아가는 습관 아닐까요. 태어나 죽기 전까지는 살아야 한다는 엄연한 진실 앞에서 그것만이 스스로를 돕는 길 아니겠어요?"

"생각을 좀 끊으셔야 해요. 지금 여기 내가 있다는 감각에 집중해서 호흡해보세요."

상담사의 조언을 떠올린 나는 얼른 벤치프레스에서 일어선다. 운동과 나, 야구 중계방송과 나, 호흡과 나뿐인 이 공간. 이 무게를 들 수 있나, 들 수 없나, 라는 깨끗한 질문만 남는 곳. 하지만 물을 입에 머금자 헬스장이 행정복지센터 같다는 생각이 또 이어진다. 헬스장 바깥 창구로 내 얼굴과 똑같은 민원인들이 늘어나기 시작한다. 나는 이들을 밖으로 내보내야 한다. 내가 지금 여기서 무거운 쇳덩이를 들고 있으며, 앞으로 두 세트를 더 해야 한다는 사실만을 염두에 둬야 한다. 매끄러운 말은 필요 없다.

'운동 중이니까 나가 있으세요. 일단 다 나가요.'

얼마 후 땀이 식어갈 무렵에는 이런 다짐을 할 수 있게 된다. 그래도 되도록 친절하게 대하자. 되도록 다정하게. 나와 번뇌, 우리는 한날한시에 같이 숨이 끊길 텐데, 너무 야

박하게 굴 필요는 없잖아. 응대를 멈출 수 없다면 차라리 우울과 불안과 체력을 함께 길러야지. 올 포 원, 원 포 올!

겨울 이별

에세이 『3n의 세계』를 출간한 2019년 가을, 출판사에서 사인본 작업을 마친 뒤 편집자와 함께 건물 주변을 산책했다. 편집자는 앞으로 어떤 남성을 만나야 행복할 수 있는지 물었고 나는 낙관 8, 비관 2 비율의 표정으로 답했다.

"유니콘 같은 남성은 일단 없다고 생각하시는 게 나아요. 아니, 사람에게 환상을 품지 않는 편이 좋겠죠."

이어 그가 조심스럽게 결혼을 추천하냐고 물었다.

"음, 편집자님은 밝고 강하셔서 어떤 생활이든 잘하실 것 같은데요."

이런저런 난관에도 배우자와 사이가 원만했던 나는 결혼의 장단점을 떠오르는 대로 말하다 이런 농담을 건넸다.

"근데 저도 모르죠. 다음 에세이는 이혼하고 쓸 수도 있고요. 그건 4n의 세계?"

편집자는 웃었고 나도 따라 웃었다. 이 말이 현실로 다가올 줄 몰랐던 날의 해맑은 대꾸였다. 5년 뒤 겨울, 배우자와 긴 대화 끝에 서로를 놓아주기로 하고 작별을 준비하면서 자꾸 그런 생각이 들었다. 나는 견디면 견딜 수 있을 고통을 피하겠다고 무작정 리셋 버튼을 누르려는 게 아닐까. 40대 초입에 들어선 내게는 사랑하는 고양이들, 소중한 친구와 동료들, 좋아하는 동네 그리고 다행히 이어지는 일이 있었다. 게다가 배우자는 면허를 땄고 중고차를 샀고 월급을 받기 시작했다. 두 사람에게 갑자기 생긴 환한 창문이었다. 우리는 초보 운전 스티커를 붙인 차를 타고 동네를 탐색하며 앞으로 가고 싶은 카페, 식당, 여행지 그리고 다음에 사고 싶은 차에 대해 떠들었다.

"쉿, 조용히 말해."

지금 차가 들으면 서운해할지 모른다고 속삭이면서. 그 대화 뒤로 무정한 이별이 성큼성큼 다가오고 있을 줄은 알지 못한 채. 연애와 결혼까지 15년에 가까운 시간을 함께 거쳐온 우리가, 숱한 불편을 함께 통과했던 그와 내가, 오르막 길을 걸어온 끝에 펼쳐진 평지 앞에서 몸을 떼고 각자의 길을 가기로 한 것이다. 그렇게 힘들게 와서, 손을 꼭 붙들고 와서. 돌아보면 그와 멀어지기까지 엄청난 사건은 없었다. 그저 서로의 마음에 점묘화처럼 잘고 조그마한 점들이 쌓

였을 뿐이다. 집에 내내 걸어두어도 될 것 같았던 우리의 점
묘화에서 어느새 모래가 떨어지고, 모래가 사구가 되어가는
것을 더 외면할 수 없었을 뿐이다.

아무것도 모르는 집고양이들과 마당 고양이들의 앞날에
관해, 대출금을 갚고 처리해야 할 집에 관해, 세금 납부 방
법에 관해, 이별의 속도와 방향에 관해 이야기하는 시간은
예상보다 고즈넉했다. 어려운 건 이런 거였다. 집 근처 어딘
가 갇혀 있는 듯한 동네 고양이가 내는 울음. 비명은 며칠째
이어졌고 소리가 나는 쪽을 아무리 뒤져도 우는 존재를 찾
을 수 없었다. 낮에도 밤에도 들리는 호소는 우리의 내면을
더욱 황폐하게 했다.

"아까는 소리가 가까이서 난 것 같은데, 지금은 멀리서
들려."

"움직일 수 있다는 신호면 다행이긴 한데, 그물망에라도
걸린 거면 어떡해. 남의 집에 들어갈 수도 없고."

"아침에 어디라도 전화해볼까. 동물병원이나 구조 센터
에?"

소리가 잦아든 점심 무렵, 배우자가 집과 멀리 떨어진 근
무지들을 알아보고 있을 때 휴대폰이 울렸다. 동생이 외식
상품권을 보내오며 추운데 형부랑 맛있는 걸 먹으라고 했
다. 거짓말처럼 몇 분 후, 집에 택배 상자가 도착했다. 이번

에는 배우자의 동생이 보낸 과일이었다. 상자를 열자 자몽과 닮은 '매리골드'라는 열매가 나왔다.

"이거 진짜 맛있다. 훌륭하네."

터지는 과즙에 놀란 나는 이어서 경솔하기 짝이 없는 농담을 건네고 말았다.

"우리 매리는 날아가는데, 매리골드가 왔네."

흥도 웃음도 많던 배우자의 입꼬리가 힘없이 올라갔다 내려갔다. 양가에 소식을 전달할 방법, 법원에 갈 날짜를 의논하던 날에는 그도 나도 크게 웃고 말았다. 생활 소음 속에서 말하는 편이 좋겠다고 생각한 우리가 무심코 틀어둔 정치 프로그램에서 이런 자막을 보고 만 것이다.

윤-한 갈등, 봉합? 이제부터 시작?

열매 이름을 잘못 불렀다는 사실은 그 후 구글링을 통해 알았다. 매리골드를 검색하니 '마리골드'라는 꽃이 연거푸 나왔고 내가 맛있게 먹은 매리골드의 진짜 이름은 '메로골드'였다.

어렵사리 연착륙을 준비하는 우리에게 계속 독침이 날아왔다. 어디서 올지 몰라 막을 수도 없는 다정한 독침이. 장을 보다 24롤 두루마리 휴지를 카트에 넣던 어느 날은 이걸

다 쓰기 전에 우리가 각자 있게 될 거라는 짐작에 움찔했다. 칼바람이 불던 어느 날은 둘이서 종종 가던 카페에 들어섰다가 얼얼한 목을 매만졌다. 거기는 손님들이 언제든 자유롭게 그림을 그릴 수 있도록 스케치북과 펜 등의 간단한 문구류를 비치해둔 곳이었다. 안쪽 테이블에 자리를 잡고 커피를 한 모금 마시기도 전에, 그가 몇 해 전 그린 그림이 눈에 들어왔다. 카페 주인은 그의 그림이 마음에 들었는지 액자와 나무틀까지 새로 짜서 홀 중앙에 걸어뒀다. 가까이 가서 그림을 보던 우리는 멈칫했다. 그림 귀퉁이에는 "아내와 함께 초가을 산책"이라는 문장이 있었다.

"스케치북이 저렇게 많은데, 드로잉이 천 장은 넘을 것 같은데 이걸 고르셨네."

갈라진 목소리가 나오려고 해서 나는 말을 더 잇지 않았다. 그에게 버너가 어디 있는지 물으려고 연락했던 날도 독침을 맞았다. 통화를 마치고 끊으려는데, 그의 말이 계속 들려왔다.

"아, 옷은 큰 걸로 주세요. 바지도 같이 있는 거죠? 찜질방은 어디로 가면 되나요?"

나는 종료 버튼을 누르는 대신 그의 음성을 20초 정도 엿들었다. 서글서글하고 자상한 말투만큼, 그가 꾸리는 서글서글하고 자상한 오후를 염탐했다.

오전에는 멀쩡한 척하며 책상에 앉았다. 한 자도 적지 못한 사실을 무시하면서 모니터를 봤다. 명랑한 목소리로 가족과 편집자의 연락을 받았다. 오후에 매일 6킬로미터를 걷고 돌아와도 밤에는 잠이 오지 않았다. 요리를 멈춰서 두부와 버섯과 사과가 뭉개졌다. 새벽에는 주변 사람들에게 멘탈 응급처치를 부탁하지 않으려고 애썼고 얼굴에 계속 닿는 휴지가 너무 따가워서 (썩지도 않는) 물티슈로 눈과 코를 닦았다. 오랜만에 밥을 지어 식탁에 그릇을 내려놓다 울던 날에는, 우는 일도 이제 지친다는 생각이 들었다. 혹한기 내내 내면의 갈등을 겪었다는 완곡어법을 집어치우고 말하자면 그 겨울은 나의 저열함, 얄팍함, 나약함, 성급함에 매일 놀라는 나날이었다. 혼자 지낼 나날을 두려워하면서도 기대하는 내게 환멸이 일었다. 넋이 나가 있다가도 앞으로 해야 할 일을 정리하는 내 모습에 염증이 났다. 내가 겪어가는 갖가지 사건에서 어떤 걸 글로 쓸 수 없는지, 어떤 걸 글로 쓸 수 있는지 짚어봤고 그때 발동하는 징그러운 자의식을 될 수 있는 한 세게 그리고 아프게 때리고 싶었다. 비좁은 내게 숨어 사는 내가 〈그것(It)〉*의 광대처럼 너스레를 떨고 거짓 위로를 건네고 지저분한 윙크를 보냈다.

---

* 스티븐 킹의 동명 소설을 원작으로 한 공포 영화.

줌인이 버거울 땐 줌아웃을 하면서, 곧 정신을 차릴 수 있을 거라는 착각 속에서, 이 또한 지나갈 거라는 미신에 기대 지내자 다짐하면서도 할 수 있는 일은 단 하나, 일기 쓰기였다. 지면이 부족해 다음 날, 그다음 날까지 오늘의 일기가 이어졌다. 혼자 북 치고 장구 부수고 피리 흔들고 태평소로 머리통을 때리는 나를 역할 정도로 끊임없이 기록했다. 혼탁하기 짝이 없는 내 꼴을 왜 그토록 세세히 적었을까. 손에 펜이 없다면 다른 걸 들게 될까 봐 겁이 난 걸까. 나는 산책길에 종종 멈춰 서서 겨울 이별에 대한 글을 써내려가기 시작했다. 어느 단락은 추위에 오타가 난 건지, 겨울 이별이 겨울 이병으로 적혀 있었다. 나는 이병이란 단어를 유심히 들여다봤다. 아무리 봐도 겨울 이별보다 겨울 이병이 훨씬 슬플 것 같았다. 그리고 그 겨울이 지나기 전에, 작별이 이뤄지기 전에 동생이 아프다는 소식을 접했다.

겨울 이별2

　　　　　　　잠든 동생을 보다가 일기장을
들고 병원 복도로 나간다. 한참 만에 적는 문장은 이런 것들
이다.

　　병동 맞은편의 가게 간판이 보인다. '미를 굽다'. 저
　　곳은 뷰티숍일까, 베이커리일까. 이따위 질문이
　　지금 할 수 있는 최선의 질문이면 좋겠다. 이를
　　살살 닦아야 한다. 오래된 핸드크림은 버리지 말고
　　발바닥에 바르자. 기분이 가라앉을 때는 통화 버튼을
　　누르지 말자. 비명을 지르고 싶으면 일기를 펼치자.
　　숨을 돌리고 지면을 차근차근 채워가자. 이따위
　　다짐이 지금 할 수 있는 최선의 다짐이면 좋겠다.
　　낮에 한 환자는 자신이 어디서 임종을 맞이하는 게

좋을지 가족들과 상의했다. 저녁에 한 환자는 몰래
외출을 하려다 간호사에게 들켜 혼이 났다. 나는 할
일을 내려놓고 바깥만 구경한다. 할 일 없이 동생
옆에 있는 일이 할 일이었다는 생각이 든다.

4월 9일

일상은 차츰 잔잔해진다. 겨울 이별은 겨울에 완료되지
않았다. 배우자와 헤어지는 일은 동생의 소식이 찾아든 이
후 보류 상태에 접어들었다.

더 큰 병원이 나을 것 같아 자리를 옮긴 게, 대형 병원의
명성을 믿었던 게 커다란 착오였다. 동생이 치료받기로 한
병원은 의료 파업으로 내부 시스템이 사실상 붕괴되어 있었
다. 중요한 검사들이 내내 미뤄졌다. 병원 측의 연기 통보는
방문 전날 오후에나 들을 수 있었다. 동생이 간호사의 당부
에 따라 금식을 하고 찾아가도 의료진이 없을 때가 있었다.
혈액 검사일에는 병원에 의료진보다 취재진이 많았다. 기나
긴 답보 상태를 지나 배정된 담당의는 동생 뱃속에 자리 잡
은 20센티미터가 넘는 이상 세포가 단순한 종괴로 보인다고
했다. 그러고는 그 어떤 조치도 취하지 않았다.
　　그곳을 나와 세 번째 병원에 입원하기까지, 동생이 추가
검사와 응급처치를 받기까지 장장 두 달이 무력하게 흘렀

다. 어렵게 성사된 예약이 줄줄이 취소되는 동안 가족들은, 나와 배우자는 동생 몸에 그저 말 그대로 단순한 종괴가 있다고 믿으려 애썼다. 그게 종괴 말고 다른 무엇도 아니길 바랐다. 하지만 마지막 병원에서 밝혀진 질병의 이름은 어처구니없게도 암, 3기 암이었다. 우여곡절 끝에 항암 준비를 하다 그 판정이 바뀌면서, 종괴가 암으로, 암이 다시 섬유종으로 바뀌면서 어떤 시간을 통과했는지 잘 가늠할 수 없다. 늦겨울과 초봄이, 절망과 기대가 뒤죽박죽 섞여 곤죽이 되어 있었다. 누가 내내 악질적인 장난을 치고 있는 게 아닌가 싶은, 음陰의 계절이었다. 의사는 동생의 복부가 너무 부푼 상태라 정밀한 촬영과 관찰이 어렵다고, 수술 당일에나 확실한 병명을 알 수 있다고 했다. 꿈속에서는 최악의 상황이 당연한 일이라도 되는 것처럼 펼쳐졌다. 꿈에서 깰 때마다 이를 물고 고개를 세차게 휘저었다.

선물 받은 메로골드를 먹을 때만 해도, 외식 상품권을 쓸 때만 해도 배우자와 나는 서로에게 가벼운 장난을 칠 수 있었다. 배우자는 거대한 뷔페 입구에 서서 말했다.

"이제 마지막 만찬이겠네. 원 없이 먹자."

"그래. 근데 여기 진짜 크다. 다음에는 여기서 결혼해."

"에이, 나는 다른 데서 할게."

양가와 친구들에게 이별 소식을 전하고 난 뒤의 장난. 각자의 앞날을 어떻게든 받아들일 수 있을 거라고, 우리가 그런 힘을 낼 수 있을 거라고 간신히 믿게 된 시기의 장난. 정작 앞날의 체급과 무게는 상상도 할 수 없을 때 칠 수 있던 장난.

"둘이서 그렇게 결론 낸 거라면 알았다. 네 생활인데 내가 뭐라고 간섭을 하겠어. 그래도 과정이 너무 답답하면 말하고."

당시에 그 일에 대해 통화를 가장 짧게 나눈 사람은 아빠였다. 아빠는 이별의 자세한 경위나 내막 따위 궁금해하지 않았다. 매사에 합리적인 성격이 이럴 때 빛을 발하는구나. 나는 그 의연한 응답이 고맙고 든든했다. 그런데 얼마 뒤 집에 간 날 아빠는 어쩐지 할 말을 꾸역꾸역 참고 있는 표정이었다. 아무래도 그 시기에 출간한 책 속 「작가의 말」을 읽은 것 같았다(몰랐는데 가족이 소설 마지막의 「작가의 말」을 읽는다. 정확히는 「작가의 말」만 읽는다).

"거기다 헤어진다는 소리를 쓰다니, 아무도 궁금해하지 않을 네 사생활을 책에 쓰다니. 너는 독자에 대한 예의가 없는 거야. 나는 이해가 안 된다. 그게 암만 MZ 스타일이라도."

"(MZ가 여기서 왜 나오는지 모르겠지만) 써야 해서 썼어. 나한테는 중요한 시간이라 썼어."

물러서지 않으려고 아빠의 얼굴을 보며 대꾸했지만, 집 밖으로 나오자마자 눈물이 뚝뚝 떨어졌다. 한참을 걷고 나서야 이런 생각을 할 수 있었다. 그래. 어쩌면 맞는 말이지. 엄밀히 말해 내게 관대할 수 있는 독자는 가족을 제외한 이들 아닐까. 흠결투성이인 나를 만날 일 없는, 나 때문에 괴로울 일 없는 이들. 내가 어정쩡하게 지은 세상을 조용히 둘러보고 지나가는 이들. (어떤 평행우주에 있을지 모를, 나의 작업물을 면밀하게 읽고 심도 있게 비평하는 가족을 떠올리면 그 모습은 그 모습대로 무섭다. 내가 그 사랑에 평온히 질식할 수도 있을 것 같아서. 그토록 관대하고 자애로운 세상에서는 글이라는 비상구가 딱히 필요하지 않을 수도 있을 것 같아서.)

병원을 오가는 동안 주위 사람들과의 갈등 국면은 과도기 또는 휴지기에 접어든다. 조심스레 근황을 묻는 이들에게는 지루하지 않을 만한 답을 성심껏 한다. 벚꽃이 다 진후, 나는 불쑥 마리골드의 꽃말을 찾아본다. 반드시 오고야 말 행복. 글귀의 뒷부분보다 앞부분이 더 눈길을 끈다. 무엇이 반드시 오고야 만다는 것인가.

결론을 말하자면 그해 상반기까지는 동생이 아팠고 하반기부터는 배우자가 아팠다. 수술을 잘 견딘 동생은 자신

의 병을 글에 써도 좋다고 했고, 배우자는 자신의 병을 글에 쓰지 않았으면 좋겠다고 했다. 그러니 여기서부터는 이전 비유를 그대로 이어가기로 한다. 큰 고비를 넘긴 그와 나는 다시 융기하는 고비 앞에서, 하나씩 처분해가던 짐 앞에서 빗자루를 들었다. 우리는 점묘화에서 떨어진 모래들을 찬찬히 쓸고 그 자리를 닦았다. 그리고 달라지는 풍경을 가만히 눈에 담기 시작했다.

두 사람이 어울려 지낼 수 있는 게 결혼이라면 이것은 결혼 생활. 두 사람이 두 사람 너머 사람들과도 어울려 지낼 수 있는 게 결혼이라면 이것은 결혼이 아닌 생활. 변주와 전환을 수긍할 수 있다면 이것은 결혼 생활. 언젠가 변주와 전환 이전 지점으로 돌아가야 한다면 이것은 결혼이 아닌 생활. 내가 멈춰 서 있는지, 조금씩이라도 걸어가고 있는지 지금의 나는 알 수 없다. 예감과 전망은 일기에 드문드문 적힐 뿐이고 이 시기의 등고선은 어느 한밤, 일기장을 펼친 내가 전구 없는 손전등을 들고 비춰 보게 될 것이다.

3. 세상의 클리셰를 부수는

일기에 쓰는 것

아직 어떤 글에서든 문장 말미를 '(그러하)리라'로 끝내본 적이 없다. 무릇, 제길, 빌어먹을, 그럴진대, 바라옵건대, 오호통재라부터 오수, 요의, 적요, 고뇌, 집필과 같은 단어도 내게 어울리지 않다고 생각하는 편이다. 세상에 경종을 울리려는 듯한 말투가 무겁고 갑갑하게 여겨진다(얼마 전 출간한 소설집에 대한 해설에 내가 세상에 경종을 울리려고 한다는 평이 붙은 일은 어쩌지 싶지만). 너무 비장한 사람이 되고 싶지 않은 건가. 너무 염세적인 사람이 되고 싶지 않은 건가. 그저 나이와 맞지 않게 캐주얼하게 지내고만 싶은 건가. 될 수 있으면 열흘에서 보름 정도의 앞날만을 생각하고 싶다는 바람은 지나치게 소시민적일까, 반지성적일까.

하지만 아득한 곳을 내다보며 군걱정을 하는 일에 이력이 붙으면 지금 여기의 괴로움은 영구히 이어질 괴로움으로, 지금 여기의 아름다움은 곧 지나가고 말 뿐인 아름다움이 되곤 하니까.

"무슨 생각 해?"

무엇보다 함께 있는 사람이 이렇게 묻게 하기 싫으니까.

유기체가 필멸한다는 명제는 자연법칙이고 이 진리에 과도한 의미 부여를 하든 말든 법칙이 바뀔 일은 없다. 자극이 더 큰 자극을 필요로 하듯 허무는 더 큰 허무를 필요로 한다. 세상에 태어난 이유를 파헤치려 할수록 우리가 만난 건 늘 감당 못 할 무질서 아니었나. 무질서한 우주는 영화 〈프로메테우스〉*의 외계 존재처럼 개체가 질문하는 순간, 그를 간단히 소거한다. 엔지니어에게 표면이 불균질한 나사는 하등 필요하지 않을 테니 말이다.

그러므로 까닭 없이 숨이 생긴 존재는 자기 자신에게 까닭 없는 온기를 건네야 한다. 스스로에게 끝이 있는 과제와

---

* 리들리 스콧의 SF 영화로 에이리언 시리즈와 흐릿하게 연결된다. 자신의 기원과 삶의 진리를 탐사하려는 피조물의 시도가 매우 부질없게 그려진다.

여유를 주어야 한다. 그리고 매일 죽어간다는 감각과 매일 살아간다는 감각을 떼어내기보다 겹쳐 봐야 한다. 거친 면과 부드러운 면의 벨크로 테이프 한 쌍이 서로 붙어 있지 않다면 먼지와 얼룩과 직사광선으로 면이 금세 상하듯, 어떤 혼란은 반드시 길이와 폭이 엇비슷한 다른 혼란과 짝을 지어 보관하는 게 적절하다.

> 죽음과 삶에 관한 고민은 개봉 후 가급적 빨리
> 다루시기를 권합니다. 자신이 없으시다면 두 면을
> 다시 접합해 '괜히 열어보지 말 것' 라벨을 붙인
> 상자에 넣어주십시오.

마음이 어수선할 때면 아직 오지 않은 미래의 한 장면을 떠올리곤 한다. 내다봐서 좋은 것 하나는 머나먼 장래 희망 정도이고 나의 희망은 고집을 굽히는 노인이 되는 것. 일과를 알맞게 마치고 (진짜든 가짜든) 장작불 앞에 앉아 오늘 새로 배운 걸 차근차근 짚어보는 내 모습을 그리는 일은 지금의 걱정을 감쇄하는 데 도움이 된다. 성인이 된 이후에 공부와 운동이 나의 일관성 있는 양육자가 되어주었다는 사실을 상기하는 일 역시 지금의 비참을 감쇄하는 데 도움이 된다.

일기에 기분, 안 좋은 기분만 공들여 늘어놓던 시기는

꽤 예전이다. 일기가 습관이 되었다고 자각한 시기는 지면에 감정과 과제, 그러니까 f(feeling)와 t(thinking)적인 두 기록을 병행했을 때부터다. "다 울었니? 이제 할 일을 하자"고 제안하는 오은영 박사처럼 '그래, 힘들었겠다. 그러면 이제는 어떻게 할 거야?' 하고 묻는 내가 곁에 점차 필요하게 된 것이다. 정서적 지지와 공감만큼 중요한 건 건설적인 비판과 방향 제시니까.

나는 일기장 귀퉁이에 세로줄을 그어 두 공간을 만든다. 4센티미터 폭의 좁은 공간은 과제 영역, 12센티미터 폭의 넓은 공간은 감정 영역이 되는 셈이다. 이렇게 나뉜 두 곳에 그날 하루치의 글을 채우면 소임이 끝난다. 중세 소작농이 길드에 감자를 납품하듯 그날의 수확물을 거기 써내는 것이다. 아니, 종이를 꾸리는 농노도 종이를 가진 지주도 나 자신이니 이 기록은 자작농의 일과 가까울지 모르겠다. 12센티미터 고랑 안에 적는 내용은 매일 다르고 4센티미터 고랑 안에 적는 다섯 가지 항목은 매일 같다.

1. 읽은 소설, 제목과 작가
2. 읽은 비소설, 제목과 저자
3. 운동, 소요 시간 및 거리
4. 외운 단어, 다섯 개

21 수

작별하는 각별한 사람들, 한유주	· 오래된 집이 오래된 사람처럼 느껴진다 지꾸 생기는 배란 누수…
마이너 필링스, 캐시 박홍, 1944H	· 터에 누가 와줬다는 개념이란 게 '내부 오리엔탈리즘' 과…
금강 생태림 산책. 약 1h	· 깊고 충충하며 내밀한 몰입. 이게 가능하다,는 판단도 뜨지 않게…
log, dross, filth, overdo, animosity	· 갖고 있던 요리책에서 후무스 레시피를 찾아냈다 지난번 강냉…
동네 편집숍에서 산 모자	· 구조가 충분히 무르익은 다음에 진입하기. 전화 같은 방식으로는…

5. 하루 동안 마음에 남은 상, 작은 그림 하나

과제와 감정을 모두 채우는 데는 짐작보다 긴 시간이 걸린다. 그런 면에서 일기는 어떤 문제를 한꺼번에 즉시 해결할 도리란 드물거나 거의 없다는 사실을 매번 알려준다. 하루도 이런데, 한 달은, 일 년은? 쌓인 시간에 비례해 쌓인 갈등과 난관도 차근차근 풀어갈 수밖에 없는 것이다. 사이가 소원해진 사람이 어느 날 갑자기 악수를 청한다면 손이야 잡을 수 있겠지만, 그 순간을 통해 지난 세월의 울퉁불퉁한 요철을 전부 갈아낼 수 있을까. 인생의 여러 국면을 한바탕 웃음으로, 한바탕 울음으로 가뿐히 지나갈 수 있을 리가(동화 속에서 죽을 고비를 넘긴 공주와 왕자가 과연 행복하게 살았을지 다들 의심하듯, 그들이 한 주 또는 격주에 한 시간씩 각자 대면해야 할 트라우마 치료를 성실히 받지 않으면 두 사람의 해피엔드는 다음 장인 미스터리 스릴러의 서막이 될 가능성이 농후할 것이다).

중차대한 일, 시급한 일은 언제나 나의 편의를 봐주지 않고 멋대로 찾아온다. 발등에 불이 떨어지면 일기는 잠이 들고 내게서 나날이 멀어지지만… 스텝 바이 스텝, 일기의 작동 방식이 하루 단위라는 사실 때문에 일기는 또 이어진다. 어떤 날은 충만하게, 어떤 날은 공허하게 보내도 다음 날은 늘 다가오니 살아 있는 동안 일기를 꾸릴 기회가 24시간 단위로 생성된다는 뜻이다. 그렇다고 긍정과 감사만으로 칸을 채울 필요는 없다. 딱히 심연을 파헤쳐 적을 필요도 없다. 일기에는 우선 그저 하루치의 단상이 필요하다. 유재하가 노래하듯 "이제 와 뒤늦게 무엇을 더 보태려 하나".* 지난날을 구태여 쥐어짜듯 소환할 필요 역시 없다.

우리의 그 많은 일기장이 초봄에만 쓰였던 이유는 일기를 매일 다 채워야 한다는 굳센 의지 탓 아니었을까. 준비한 재료가 소진되어 영업을 마감한다는 문구는 가게에만 필요한 게 아니니, 체력이 소진되었다면 공백이 긴 일기로 그날을 마감해도 무방하다. 게다가 초봄에만 사용된 일기장을 모아보면 나는 이런 봄을 겪어왔구나, 하는 감상이 따를 수 있다. 에휴, 나는 일기 같은 건 오래 못 쓰겠어! 라고 말하는 당신은 사실 봄의 일기인인 것이다.

시시한 일과, 옹색한 해석, 약간의 위선과 헛된 각오. 일기를 채우며 나는 그나마 매일 읽고 쓰고 움직이는 것만이 내가 삶을 꾸려갈 수 있는 최소한의 실재적 방식이라는 사실을 체감한다. 이 작은 행위가 나를 방임하지 않고 나의 일

---

* 〈내 마음에 비친 내 모습〉(유재하 1집 《사랑하기 때문에》, 1987년)

부와 둘레를 돌보는 일이라 추측한다. 덧붙여 하루를 자잘하게 닦다 보면 종종 세상을 감각하는 창이 같이 닦일 때가 있다. 그리고 많은 창작자가 말한 바와 같이 영감은 근사한 카페나 유명 관광지보다 일상을 좋아하는 듯하다. 영감은 일상에 혼재하며 질서와 무질서 사이에, 고독과 번잡 사이에, 손뼉과 하품 사이에 잠복한다.

딱 세 줄만 쓰자. 커피를 다 마실 때까지만. 젖은 머리카락이 마를 때까지만. 고양이들이 깨기 전까지만. 한 앨범을 들을 동안만. 이런 눈금이 작업 착수에 현실적인 도움을 주듯, 일기 한 뼘을 약간 채우는 것이 그날의 과업이라면 그건 '마지막으로 할 만한 멋진 일'*까지는 아니더라도 그럭저럭 할 만한 일이 된다. 그리고 일기를 그럭저럭 꾸준히 쓸 수 있게 되었다면 중간중간 잠시 쉬어도 괜찮다. '음슴체'로만 써도, 먹은 것만 써도, 변경한 아이디와 비밀번호만 써도 된다(불시에 큰 도움이 됨). 일주일 중에 하루는 아예 휴일로 정해둬도 상관없다. 며칠 전 수영을 했다면 오늘 수영을 하는 일이 가능하듯, 며칠 전 일기를 썼다면 오늘 일기를 쓰는 일은 가능하다. 문장을 이어가다 모순에 부딪히는 일은

---

* 제임스 팁트리 주니어의 SF 소설 제목으로 원제는 'The Only Neat Thing To Do.'

의외로 재밌고 규칙이 깨져 허방에 빠지는 일도 나쁘지만은
않다. 법칙을 부수면 지평은 넓어진다. 무릇 나도 그럴진대
당신이 어떤 글이든 집필하지 못할 리 없으리라.

금기

            해가 갈수록 몸이 받아내지 못하는 음식이 늘어난다. 오래전에 생긴 달걀 알레르기부터 근래 생긴 곡물 알레르기에 이르기까지 몸에 아무리 이롭다는 먹거리도 소량 이상을 먹게 되면 어김없이 식도와 명치에 통증이 인다. 좋아했던 반숙, 미숫가루, 팥죽, 군고구마, 삶은 밤의 구수한 맛은 어느덧 추억이 되어간다. 누군가에게는 훌륭한 영양소로 쓰일 성분이 내게는 미량의 독이 되니까. 어느새 혼밥의 주재료가 쌀, 밀, 보리, 귀리, 감자를 넘어서지 않게 되었을 때 나는 단백질 섭취를 위한 특단의 조치로 불린 콩을 잔뜩 갈아 먹기 시작했다. 그리고 얼마 안 가 피부과에 찾아갔다.

  "목부터 볼까지 왜 이런 수포가 올라왔을까요?"

  "혹시 평소에 안 하던 걸 하고 있어요?"

나는 작가가 도입부부터 알려준 복선을 늦게 깨달은 독자처럼 화들짝 놀라 답했다.

"(범인은) 콩… 콩이요. 콩을 많이 먹었어요."

"제가 의사이긴 하지만, 의학이 문제를 전부 해결하진 않아요. 본인이 원인 제거를 하지 않으면서 치료에 기대면 안 되겠죠? 콩 먹고 약 먹고 살겠어요, 콩을 조심하겠어요? 환자는요, 해야 할 일보다 하지 않아야 할 일이 중요할 수 있는 거예요."

그렇다. 중요한 건 해야 할 일보다 하지 않아야 할 일. 이런 성과주의 시대에서는 더욱더. 내게는 (가려야 할 음식을 빼고) 딱히 금기로 정해둔 적은 없지만, 이제 금기가 되어버린 사항 몇 가지가 있다. 휴대폰에 배달 앱 설치하지 않기, 차주 되지 않기, 엄마 되지 않기. 세 사항 모두 강고한 의지로 실천하는 것은 아니다. 잘 만들었다고 착각한 신념이 그렇듯 이 빵 표면에는 검게 탄 예외와 합리화의 껍질이 붙어 있다. 전부 타인의 선의로 떨어지는 결과물은 잘만 받아먹는다는 점에서 그렇다. 누군가 자신의 휴대폰으로 배달 음식을 시켜주면 거의 무릎을 꿇는 심정으로 먹는다. 누군가 자신의 차로 나를 이동시켜주려고 하면 양손을 공손히 모으고 보조석에 앉아 3초 만에 안전벨트를 찬다. 누군가 자신의 아이를 데리고 오면 그 귀여움과 무구함을 잠시나마 누린다. 최근 추가된 사항 하나는 분별없이 속도 내지 않기다.

생계가 중요하지만, 계약한 일들이 있긴 하지만, 양서를 빠르게 낼 능력도 없지만 앞으로 출간에 있어 지나친 속도전은 피하려고 한다. 대외 활동을 무서워하는 데다 작가의 귀한 기질이자 재능인 '나댐'이 부족한 나는 강연이나 행사 일이 다가올 때 공포로 치를 떤다. 밥 대신 커피만 들이켠다. 성과주의 시대에 더해 대영상의 시대, 대어필의 시대에 낄 수 없는 극내향인들은 출판사의 마케팅 방향에 힘껏 조력할 수 없는 자신을 연일 탓한다. 불특정 다수 앞에 나서는 일만 빼고는, 카메라 앞에 서는 일만 빼고는 지구를 지킬 수도 있는데.

책을 아끼기에 거기 가지 않습니다, 당신을 사랑하기에 당신을 떠납니다, 라는 진심 어린 거짓말을 누가 믿을 것인가. 발을 동동대던 나는 그래서 아랫입술을 잘근잘근 씹으며 이런 질문을 할 수밖에 없는 것이다. 아, 인원이 미달인데 취소가 안 됐나요. 아, 폭우 예보가 있던데 취소가 안 됐나요. 아, 감염 우려가 있어도 취소가 안 됐나요. 철갑을 두른 소나무처럼 표연한 자세로 행사를 강행하려는 담당자에게 그만 고백하고 싶었던 적이 몇 번이었나. 차라리 단편 다섯 편을 드리면 어떨까요. 제가 굿즈를 만들고 사라지면 어떨까요. 밤새 포토샵으로 귀여운 행사 취소 안내문을 만들 수도 있는데요. 아니, 돈을 더 드릴 테니 지금이라도 참여자분들께 양해 메일을… 제발 자비를…. 이건 협상이 아니라 망상의 영역.

그러니 나 같은 유형의 작업자는 잠시 신세 지는 침묵의 방, 비대면의 장, 지면을 되도록 있는 힘을 다해 지켜야 한다. 전에도 앞으로도 그럴 테지만 지면은 늘 소중하다. 그렇지만 쉴 새 없이 나오는 책은 독자, 작가, 출판사, 시장, 생태계, 인류, 우주 모두에 좋을 리 없다. 원점으로 돌아가 책 자체에도 좋지 않다. 물론 잘 익은 생각만을 기록으로 남기고 싶다는 욕망은 순전한 착각일지 모른다. 근미래의 나를 그려봤을 때 생각이 잘 익었다면 출간을 더욱 단념할 확률이 높을 것이기 때문이다. 이어지는 마감을 앞두고 나는 이 생각을 철회할 수 있다. 무슨 헛소리를 한 거냐며 또 급급해질 수 있다. 하지만 태도는 정돈될 필요가 있다. 책과 몇 걸음 떨어져서. 모니터 앞에 앉으려는 나를 잠시 불러 세워서.

출간될 리 없고, 될 수도 없으며, 그래선 절대 안 되는 일기는 (그런 면에서 당사자의 동의 대신 가족의 동의를 받아 공개된 일기나 편지를 보면 어쩐지 싱숭생숭하다) 이렇게 멋대로 쏟아지는 생각을 받아준다. 그는 세상 누구도 모를 나의 속도전을 물끄러미 지켜본다. 트랙이 비워지면 비워지는 대로, 채워지면 채워지는 대로. 나약한 나와 취약한 일기. 우리는 서로에게 뜨겁게 무심하다. 그러므로 나는 일기를, 일기는 나를 지킬 수 있다. 검열과 판단과 평가를 거두고, 이 기록의 유통과 수명을 생각하지 않고.

일기와 일기인, 둘 사이에서는 이 밖에도 여러 가지가 증발한다. 기획서, 시놉시스, 마감일, 편집, 디자인, 조판, 감리, 배본, 판매 지수, 생산성, 효율…. 이 필드 밖 일기가 마련하는 지면은 공허하지 않고 광활하다. 일기는 모든 걸 드러내려는 세상에서 물러나 있을 권리를 보장하고 약속 없는 관계에서만 생성되는 자유를 준다. 또한 일기의 지면은 백 퍼센트 일기인을 위한 시간과 장소를 내어준다. 분실하지 않는 이상 그는 움직이지 않고, 말을 끊지 않고, 등을 돌리지 않는다. 혼자 있어도 혼자 있는 게 아니라고, 우선 심호흡을 하고 물을 한잔 마시고 여기 앉아 말해보라고 권유한다. 아니, 말하지 않아도 좋다고 덧붙인다. 이 와중에 일기 따위가 뭔데, 싶다가도 그 앞에서 나는 내 속도대로 문장을 이어갈 수 있다. 키워드 없이, 줄거리 없이, 자간이며 장평이며 신경 쓰지 않고.

지난날에 대한 기록을 내가 굳이 자주 펼쳐 보지 않을 거란 사실은 안다. 특히 어두운 심경을 자세히 적은 글일수록 자세히 읽고 싶지 않을 것이다. 하지만 종종 일기의 후반부마다 어떻게든 발을 땅에 붙여보려고 했던 시도는 일기를 들여다보지 않아도 기억난다. 모든 게 헛되다는 감상("헛되고 헛되며 헛되고 헛되니 모든 것이 헛되도다", 전도서 1장 2절은 내가 성경에서 가장 좋아하는 구절이다) 속에서도 세상의 빛과 그림자가 만들어내는 아름다움은 눈에 띄고, 나는 그 풍경들을 놓치기 아쉬워 일기에 옮긴다. 그리고 그렇게 사사로운 시도는 이튿날 일기를 쓰게 하는 동력이 된다.

배은망덕하게도 별일 없는 날 또는 너무 고단한 날 책상 위의 일기장은 성가시다. 하품은 멈추지 않고 딱히 쓸 말도 없다. 스쳐 갈 뿐인 생각을 구태여 낱낱이 써야 하나. 뭔가를 꼭 가시화해야 하나. 뭘 쓰긴 쓴다는 자각이 아예 쓰지 않을 때 발동하는 자각보다 더 둔탁하고 부도덕한 건 아닌가. 일기는 (제발 그 잡념을 끊고) 그래도 오늘 한 가지 정도의 인상적인 일을 알려달라고 한다. 그렇지만 정 힘들다면 조만간 언제든 만나도 된다고 덧붙인다. 일기가 사람이라면 그는 영화 〈밀양〉에서 송강호가 맡았던 인물, 김종찬과 닮지 않았을까.

"뜻요? 뭐 우리가 뜻 보고 삽니까. 그냥 사는 기지…. (거울을 들며) 내가 들어줘도 되겠지예?"*

눈앞에 자꾸 알짱거리는 일기는 내 부산한 정신을 잡아
주고 나 역시 빛과 그림자를 지닌 하나의 존재라는 사실을
일깨우고 2백 40밀리미터의 두 발을 땅에 붙일 수 있게 한
다. 울고 웃고 멍한 나를 지그시 응시한다. 그렇기에 일기를
쓰지 않는 날에도 나는 일기가 나의 두껍고 우악스러운 동
아줄이라는 사실을 잊지 않는다.

---

* 김종찬의 대사로 앞의 세 문장은 영화 초반에, 괄호 뒤의 한 문장
은 영화 후반에 나온다.

네모의 꿈

                             장편소설 교정지가 택배로 온 날, 출력지를 쓸어보다 부엌에 갔다. 장거리경주가 시작되었으니 우선 든든한 저녁을 먹어야 했다. 그런데 장판 바닥에 물웅덩이가 보였다. 뭐지? 설거지할 때 물이 튀었나? 근데 내가 물을 이렇게 흘렸다고? 손으로 눌러보니 장판 이음새부터 물이 왈칵 쏟아져 나왔다. 반짝반짝 일렁이는 물결 위에는 하나의 화면 창이 떠 있는 듯했다.

퀘스트를 수락하시겠습니까? 어차피 거부는 거부합니다.

뭔가 또 터졌구나. 문제가 생겼구나. 그래, 쉽게만 살아가면 재미없어 빙고는 무슨. 원인을 파악하기 위해 칼로 장판과 은박 단열재를 잘라보니 그 안에 깨진 시멘트가 보였다. 이 돌덩이들이 수도관을 건드렸나. 그래서 관에 손상이 생겼나. 하긴 지어진 지 40년도 넘은 집인데. 와. 그럼 냉장고, 정수기, 밥통, 선반을 전부 들어내야 하나. 포복 자세로 바닥을 관찰한 결과 싱크대 하부장 구석의 물이 사라지지 않는다는 사실을 알아냈다. 행주로 쓸어낸 바닥은 거의 말라갔지만, 그곳만은 판타지 속 마르지 않는 샘과 같이 물이 내내 솟아났다.

누수의 달인들이 앞다투어 올려준 유튜브 영상을 보니 배관에 크랙이 생겼을 가능성이 커 보였다. 그리고 이 밤중에 할 일은 셋이었다. 영상 그만 보기, 물 받아두기, 상수도 밸브 잠그기. 전문가의 도움은 내일이나 받을 수 있을 터였다. 나는 무릎을 꿇고 수도관이 토해내는 물을 하염없이 닦았다. 키친타월 한 통과 수건 여덟 장이 모두 젖자 허기가 졌다. 냉장고를 열어 내일 먹으려던 마들렌을 우걱우걱 씹어 먹고 시계를 보니 새벽 두 시. 결국 장판만 들추고 교정지는 들춰 보지 못했다. 아침이 되도록 잠은 오지 않는데, 오래전 소설에 붙인 「작가의 말」이 떠올랐다.

> 혹한기를 닮은 이 중편은 2012년 12월의 메모로
> 시작했습니다. 중편을 장편으로 만든 작년엔 행간에
> 겨울뿐 아니라 다른 계절이 깃들면 좋겠다고

생각했고요. 10년 전, 메모를 이어나간 그 자리는 하필 보일러 파이프가 비껴가는 곳이라 발이 몹시 찼는데 별수가 없어 거기 계속 앉아 있었습니다. 그러니 소설 속 춥고 밉고 좁은 기운은 그때의 제 것입니다.

돌아보면 어떤 곳에 살든 발밑이 따뜻하거나 평평했던 적이 드물었다. 가끔은 머리 위도 그랬던 것 같다. 우리 집 천장은 왜 해먹같이 생겼는지 묻자 엄마가 말했다.

"건들지 않게 조심해. 터지면 큰일 나. 저거 쥐들이 오줌 싼 거니까."

나는 엄마가 순식간에 동화와 현실의 경계를 잇는 환상적인 교각을 지어냈다고 믿었지만, 잠든 가족들을 보다 천장에 시선을 고정하면 잠들지 않은 쥐 가족이 진짜 질주하는 소리가 났다. 바가지로 방의 빗물을 퍼내던 여름, 연탄가스가 고인 방에서 나와 동치미 국물을 마시던 겨울. 어린 시절, 실내에서 찍은 거의 모든 사진엔 누런 벽이 있다. 부글부글 부풀다 만 벽, 크게 웃지도 울지도 못한 채 어느 순간부터 더 자라지 않은 벽(하지만 그런 벽을 보면서도 딱히 철이 들진 않았던 건, 가난이 늘 친숙하거나 사치가 늘 어색하지 않았던 건 상당 부분 아빠 덕일지도 모른다. 제품의 역사와 철학을 따지는 아빠는 질 나쁜 물건 여러 개를 사들이는 대신 질 좋은 물건 하나를 제대로 택해 버릇했고 물건의 품질만큼 디자인의 심미성을 예민하게 따졌다. 열악한 공간 안에서도 세간 배치에 일관성과 내재율이 흐르게 하는 일은 아빠에게 중요한 문제였다.* 그래서 내게도 희한한 경제 감각과 미감이 생긴 걸까).

그 시절 친구들이 즐겨 듣던 최신 가요 화이트의 〈네모의 꿈〉(3집 《드림 컴 트루》, 1996년)은 어딘지 신경 쓰이는 노래였다. 디즈니 영화 OST처럼 점진적으로 밝고 화려해지는 곡의 구성과 달리, 가사는 세상의 천편일률적인 규범에 강력한 의문을 제기하고 있었기 때문이다. 전 연령 청취 가능한 동요풍의 대중가요가 알고 보니 록이었던 것. 하지만 나는 곡을 만든 유영석의 생각과 반대로 완고한 사각형을 통일만큼 염원하던 아이였다. "똑같은 하루를 의식도 못 한 채로 그냥 숨만 쉬고 있는 걸" 문제로 여기기보다 얼룩 없이 반듯하고 튼튼한 네모를 "의식도 못 한 채로 그냥 숨만" 쉬며 누리고 싶었다. 그런 곳에 한동안이라도 머무는 기분은 어떨지 궁금했다.

---

* 『펀 홈―가족 희비극』(앨리슨 벡델, 2017년)의 아버지 브루스 벡델만큼은 아니지만, 어느 정도 비슷한 면모가 있다.

아파트에 살아본 경험이 없는 내게 방이란 주로 또띠아(토르티야가 규범에 맞는 말이지만, 이 말은 또띠야 고유의 방정맞고 수수한 맛을 담을 수 없어 이렇게 표기한다) 꼴이었다. 둥그렇고 움푹하고 말랑말랑하며 건조한 동시에 습한 방. 짐이 많아지면 피자와 나초 모양으로도 변형되는 방. 극악의 수납공간이 되어버린 방에서는 수시로 가위에 눌렸다. 악몽은 대체로 플롯이 엇비슷했다. 무자비한 갱들에게 쫓기다 화장실에 숨어들어 가는데, 정작 화장실 상태가 너무 무자비해서 눈이 떠지는 서사. 나는 화장실이 얼지 않는 집, 온수도 나오는 집, 가스가 끊기지 않는 집에 살고 싶었고 몇 달이라도, 언젠가라도 그런 생활을 해볼 수 있길 소망했다. 신혼 즈음 전세로 들어가게 된 빌라는 내 오랜 꿈을 알고 있었다는 듯 네모난 구획을 힘주어 자랑하고 있었다.

'이것 봐! 이것 좀 봐! 이 각진 네모들을 보라고!'

벽 귀퉁이마다 누가 마커로 칠한 듯한 진갈색 몰딩은 귀여워 보였다. 서향 건물이라 오후가 되면 마치 오렌지 속 과육 한 점이 된 듯한 기분이 드는 것도 뜻밖의 선물이었다. 바로 위가 옥상이니 내킬 때마다 동네의 정수리와 하늘을 맘껏 바라볼 수 있을 거란 전망도 커다란 장점으로 여겨졌다. 하지만 부엌 겸 거실 바닥에 물이 찰박거리던 날, 집주인은 노래방에 있어 내 목소리가 잘 들리지 않는다고 답했고 다시 연락했을 때는 지인 결혼식에 가는 중이니 나중에 연락하라고 답했으며 수리 후 정말 나중에 연락했을 때는 아들 부부가 그 집에서 살아야 하니 이제 나가달라고 답했다. 나는 사흘에 하루꼴로 청국장을 끓이는 이웃, 막걸리를 마실 때마다 모든 집 현관문을 발로 차는 이웃, 옥상을 자신만의 요새 겸 실험 기지로 만든 이웃과 그만 헤어질 시간이 왔다고 생각했다. 그리고 실은 내가 오래전부터 안전한 직사각형의 방을 가지고 있지 않았나 자문했다.

흙과 벽돌과 시멘트 없이도 잘 지어진 방, 춥지도 덥지도 않아 쾌적한 방, 세상의 온갖 못생김을 피해 만든 방, 일기 말이다. 이 공간은 오로지 수동으로 돌아가는 시스템이기에 데이터 클라우드 전송이 불가하다. 영수증 구석이나 휴대폰에 쓴 메모는 손으로 직접 옮겨야 한다. 하지만 내가 수시로 들여다보고 살피는 이 방에 누수, 동파, 부식은 없다. 월세, 관리비, 층간 소음도 발생하지 않는다(아, 거주자 간에 적치물 시비가 인다면 줄을 그어 공간을 나누면 된다). 비밀번호나 열쇠 없이 나만 오가는 이 방은 철저히 내 취향과 미감으로 꾸려진다. 인테리어에 필요한 것은 리듬, 분노, 끈기, 질문, 유머….

"이리 와보실래요? 물 새는 곳 찾았어요!"
낮 두 시에 시작한 수도관 수리는 밤 열 시경에야 끝이 났다. 저녁 식사도 마다하고 작업을 마친 생활 속 히어로에게는 비용 60만 원에 3만 원을 더 얹어드렸다. 집 안에서 누수 원인을 찾지 못해 집 밖의 길을 뚫어봐야 하면 비용이 무려 4백만 원부터 시작할 수 있다는 말에 치통이 생길 뻔한 후였다. 누수 소머즈*, 물의 흐느낌을 듣는 자가 장비를 챙겨 홀연히 사라지자, 도로며 공항이며 터널이며 틈만 나면 공적 인프라를 폭파하는 히어로들이 가당찮게 느껴졌다. 그동안 세탁기를 고치고 와이파이 공유기를 설치하는 배트맨을 보지 못한 게 안타까웠다.

자정이 다 되어서야 첫 끼를 먹고 설거지와 샤워를 마친 후에는 〈매드맥스〉의 시타델에서 임모탄이 어떻게 자국민의 삶을 쥐락펴락했는지 새삼 깨달을 수 있었다. 사막에서는 물을 쥔 자, 물줄기를 통제하는 자가 그 같은 폭군이 될 수 있는 것. 포스트 아포칼립스 세계에서 물의 다른 이름은 절대 권력이라는 것. 나는 한동안 강직한 유물론자가 되어 가사 노동을 등한시한 채 뭔가를 때려 부수기 바쁜 히어로, 그리고 히어로의 일그러진 거울인 안티 히어로를 생각했다.

---

* 미국 ABC 드라마 〈600만 불의 사나이〉와 '바이오닉 우먼' 시리즈에 등장하는 인물 제이미 소머즈. 낙상 사고 후 신체가 개조되면서 여러 초능력이 생기는데 그중에서도 민감한 청력이 가장 특징적이다.

우리가 복구와 수리 대신 파괴에 능한 이들에게 매력을 느끼다면, 공생 대신 공멸을 택하는 이들에게 열광한다면, 그들 또한 우리의 일그러진 거울 아닐까.

그런데 지금 내 꼴은 빌딩 숲을 내려보며 위스키를 홀짝이는 안티 히어로와 뭐가 다른가(안 마셔봤지만 갓파더나 파우스트 같은 이름의 칵테일도 어울릴 것 같다). 정작 해야 할 일을 하지 않고, 정작 봐야 할 자신을 안 보는 이들이 안티 히어로 아니었나. 누수 문제를 해결하고 온갖 상념에 빠져 있던 (그리고 얼마 후엔 누전 문제가 생길 거란 사실을 전혀 모르는) 나는 고개를 세차게 젓고 작업대에 앉는다. 이제 더 미룰 수 없는 다음 문제를 수습할 차례.

그래도 교정지 옆에는 친구가 선물한 성심당 푸딩이 놓여 있다. 푸딩 옆에는 몸을 둥글게 만 고양이들이 있다. 눈앞의 이 원들은 내가 머물던 방과 달리 조금도 허름하거나 삭막하지 않다. 푸딩 하나, 고양이 둘. 나는 네모 옆의 자비로운 동그라미들을 한참 바라보다가 펜을 쥔다. 직선이자 곡선인 펜, 내 주위의 세상을 밀어낼 수도 받아들일 수도 있는 펜 한 자루를.

행사와 행사 사이

　　　　　　불특정 다수 앞에 나서야 하는 활동을 이리저리 잘 피해왔다고 믿었는데, 맑은 가을 어느 하루엔 행사 두 개를 이어서 치러야 했다. 오전 열한 시엔 'SF가 그리는 돌봄의 세계' 포럼에 패널로 나가기, 오후 일곱 시엔 연극 〈지상의 여자들〉 공연 후 관객과의 대화에 나가기.

　일곱 시 행사는 연극의 소설 원작자로서 참여한다는 당위보다, 심신이 완전연소될 것처럼 열연하는 배우들을 미리 본 이상, (내가 인간이라면) 자의식 같은 건 내려놓고 꼭 참여해야 한다는 의지가 있었다. 앞선 열한 시 행사는 돌봄이라는 주제로 여럿이 함께 이야기를 나눌 수 있는 자리가 귀중하다고 생각했다. 때마침 쓰기 시작한 소설의 주인공이

코미디언이었기에, 무대에 올라가보는 게 좋지 않을까 하는 사심도 끼어 있었다. 소설에 쓰든 쓰지 않든 무대에서만 알 수 있는 사실을 확인해볼 필요가 있다고 여겼기 때문이다. 우주에서 일어나는 이야기를 쓰기 위해 우주로 간 적이 없는데도 왜 그랬을까. 평소 내가 철저한 관망자라는 걸 망각한 채. 경험주의를 회의적으로 바라보면서도.

리허설 시간보다 훨씬 일찍 도착한 나는 건물 근처 카페에서 샷 추가한 아메리카노를 마시며 준비해 온 메모를 다시 읽었다. 행사장에 들어가서는 혼자 불 꺼진 대기실 구석에 앉아 있다가, 뒤늦게야 사람들의 목소리가 새어 나오는 방을 향해 우물쭈물 들어갔다. 왜 이렇게 갑갑할까, 하고 거울을 보니 얼간이처럼 남방 단추를 목 끝까지 채운 내가 있었다(대체 네가 거기 왜 있어?). 여유롭고 세련된 태도의 평론가를 보니 잘못 왔다는 직감이 바로 들었다. (끝내) 포럼이 시작되고 메모와 관객들의 표정을 번갈아 살피던 나는 아무렇지 않은 척 말했다.

"네가 뭔데 그 자리에 끼냐고 동생이 말렸는데, 일단 이렇게 나와 있네요."

가벼울 거라고 여긴 인사말은 장내를 숙연하게 만들 뿐이었다. 대담 내내 옆자리의 용맹한 작가는 손발과 몸통을 역동적으로 썼다. 무슨 말을 하든 뒤돌아보거나 주춤대거나 망설이지 않았다. 무엇보다 그의 양손엔 전자 기기를 비롯해 종이며 펜 등의 필기구가 아예 없었다. 나는 준비해 온 메모를 분실하는 순간, 그 자리에서 기화될 수 있었는데 말이다.

행사 후 사람들과 식사를 마친 후엔 놀이터에 멍하니 서 있었다. 숨을 쉬고 있는데도 어쩐지 고목으로 만든 지하 여장군이 된 듯한 기분이었다. 다음 행사까지 남은 시간은 무려 네 시간. 엉망으로 짠 학기 시간표처럼 기나긴 여백이 내 앞에 덩그러니 남은 것이다. 카페에 또 가자니 허리가 걱정되었다. 숙박업소에 들어가 잠깐만 쉬고 나올 수 있냐고 물으니 이런 답이 돌아왔다.

"저희는 그런 걸 하지 않습니다."

대실이란 말을 차마 입에 올리지 못하는 직원이었다. 여성 전용 사우나는 꽤 멀었다. 빈백이 있는 카페는 더 멀었다. 인파는 점점 늘어나고 나는 이 도시 어딘가에 꼭 누워야 했다. 집에서도, 고속버스에서도 잠을 못 잔 심신이 피난처가 필요하다고 부르짖고 있었다. 검색 끝에 도착한 종착지는 만화방이었다. 땡벌 요금제(세 시간, 음료 포함)를 택한 나는 벌집 모양의 17번 방으로 인도되었다. 가방을 풀던 중에 운명처럼 꿀 스틱 하나가 손에 잡혔다. 무릎을 꿇고 풀피리를 부는 자세로 꿀을 한참 빨아 먹는 내 모습은 도망친 일벌

같기만 했다. 그저 입과 눈을 닫고 누워 있어야 했기에 만화방에서 만화를 한 페이지도 읽지 못한 건 그때가 처음이었다. 원통하고 황망했지만, 에너지를 더 방전시킬 수는 없는 노릇. 알람을 맞추고 나니 졸음은 달아나고 근심이 쌓이기 시작했다. 연극은 일곱 시 시작인데 깨고 보니 열 시면 어쩌지. 부재중 전화 기록을 보고 심장이 내려앉으면 어쩌지. 좋은 일이라도 생긴 듯 유쾌하게 웃고 있는 저 직원에게 조심스레 부탁해볼까. '혹시 알람 소리가 계속 난다면 한 번만 들여다봐주실래요? 제가 잠들어 있다면 물을 끼얹으셔도 돼요.' 어이없는 시뮬레이션에 진저리를 친 나는 속으로 외쳤다. 돈 패닉! 정신 차려!! 결국 행사와 행사 사이, 17번 방에서 한 일은 (그 어느 때보다 지독한 아집 같아 보이는) 일기 쓰기였다.

지금 가질 수 있는 건 부산하면서도 부산하지 않은 시간. 지금 할 수 있는 건 굳은 척추를 펴는 심리적 스트레칭. 몸과 마음을 쓰면서 역으로 몸과 마음을 안정시킬 수 있는 노동. 사람들 속의 내 모습을 기록하면서 역으로 자의식을 흐트러트릴 수 있는 일.

일기장을 펼친 나는 (척추에 최악인) 엎드린 자세로 반나절까지의 음과 양을 돌아봤다. 착잡한 심정이 들었지만,

'망했다' 같은 단언으로만 문장을 끝내지 않기 위해 애썼다. 그래도 이런 희망과 기대는 일절 갖지 않는 편이 좋았다. '일 곱 시 공연 이후 행사는 좀 낫겠지. 아무래도 입이 조금은 풀렸을 테니까.' 저녁에는 더 넋이 나간 채로 조명을 받고 있었다. 쉬운 질문엔 어려운 답을 하고, 어려운 질문엔 쉬운 답을 하면서.

밤에 도착한 터미널에서는 홀린 듯이 맥주 한잔을 찾아다녔다. 500시시, 아니 150시시만 마셔도 감지덕지일 것 같았다. 하지만 호프집 직원들은 핏기가 싹 가신 얼굴로 영업이 끝났다는 말만 했다. 마지막으로 눈에 띈 식당에서는 다행히 맥주를 팔았다. 나는 비빔국수와 병맥주를 주문한 후 무거운 가방을 내려놓았다. 식사를 끝낸 후엔 오늘의 셔터를 잘 내릴 수 있게 해준 사장님께 비상용 젤리를 건네고 나왔다. 버스에 올라 음악을 고르고 이어폰을 꽂자마자 오늘의 과오를 반추할 새도 없이 졸음이 쏟아졌다.

시간이 얼마나 흐른 걸까. 밝은 빛에 눈두덩이 움찔거렸다. 뭐지, 천국인가(하필 재생 중인 음악이 성스러운 합창이었다). 그건 마지막 터널을 지나며 받은 조명이었다. 승객 모두의 이마를 비추는 평화로운 빛, 여기는 이승이며 집이 얼마 안 남았다는 사실을 알려주는 고마운 빛. 며칠 뒤 인터

넷에서 발견한 행사 사진을 동생에게 전송하니 이런 답이 돌아왔다.

"너 울어? 벌 받아? 그러니까 그런 데는 왜 갔냐. 사진이랑 영상은 찍지 말아달라고 부탁했다며, 이건 왜 있어?"

흑역사를 적기 위해 일기장을 갖고 나간 게 아닌데, 일기장에는 자꾸 검불이 붙어간다.

그럼에도 일기는, 그러니까 일기는 내가 할 수 없는 것과 할 수 있는 것을 알려준다. 수많은 기로 앞에서 내가 어떤 선택을 했는지, 시일이 지난 후 그 결과가 어땠는지 알려준다. 당시에는 자의 반 타의 반이라고 느낀, 어쩐지 떠밀렸다는 감각은 허위라고. 그 선택을 결국 누구도 아닌 내가 했다는 사실을 몇 번이고 알려준다. 해가 좋은 날, 일기는 우쭐거리며 머리통을 쓰다듬는다. "할 수 있다고 여겼는데 더 잘했다. 할 수 없다고 여겼는데 해냈다." 먹구름이 낀 날, 일기는 팔짱을 낀 채 나를 홉떠 본다. "너는 세심하고 주도면밀하다. 꼼꼼하고 음흉하다. 상냥하고 겉과 속이 다르다." 그리고 아주 많은 날, 일기는 담담하게 읊조린다. "너는 가고 있다. 너는 하고 있다. 너는 살고 있다." 그래. 나는 가고 있다. 나는 하고 있다. 나는 살고 있다. 도망친 일벌처럼 지낸다 해도, 일하지 않는 벌 역시 그저 벌이듯이.

저자 사인본

가끔 선물 받은 책을 펼치다 놀랄 때가 있다. 표지 뒤 면지에서 저자의 손 글씨를 발견한 직후다. 이 말이 불특정 다수를 위해 뿌려진 것이라면 얼마나 좋았을까. 하지만 작가는 내가 아닌 특정한 누군가를 위해 그 메시지를 남겼다. 때로는 덤덤히, 때로는 정성껏. 간혹 따스한 그림과 스티커까지 보태서. 그런 책들은 선물한 사람에게 다시 돌려주기 어렵다. 책의 저자가 이 사실을 영영 모르는 편이 낫듯, 선물한 사람도 이 상황을 영영 모르는 편이 낫기 때문이다.

사고는 단순한 부주의에서 불거진 작은 해프닝이지만 책 표지를 만지작거리는 나는 이런 판단을 하지 않을 수 없다. 내게 이 책을 준 사람은 아마도 일기를 쓰지 않는 사람일 거야. 바쁜 하루를 보내느라, 성큼성큼 걷느라 책의 내지를 살펴보지 못한 사람이 일기를 쓸 확률은 아마도 낮지 않을까.

물론 꼼꼼히 뒤돌아보는 일에 장점만 있는 것은 아니다. 어쩌면 단점이 숱할 수 있다. '복기' 또는 '프로세스 리마인드'라고 하면 뇌를 뭔가 고효율로 사용하는 것 같지만 사실 엉엉 울며 망친 일을 다시 살펴보는 것뿐이니까. 절대 만나면 안 됐던 사람, 결코 하면 안 됐던 일을 짚어보는 동안 손발엔 냉기가 돌고 마음은 가라앉는다. 성급했던 계약, 앞날을 전혀 모르고 짰던 계획, 주의 깊게 읽지 않았던 경고는 늦게서야 24포인트의 볼드체로 두드러진다. 되도록 실패에 따른 감정보다 정황을 적어야지, 마음먹어도 일기에서 꿉꿉한 회한과 애상을 덜어내기란 쉽지 않다. 에러, 에러 여파, 에러 여파의 여파. 경로를 뜯어보면 어머나 세상에, 왜 이 길로 들어서면 안 됐는지가 보인다. 그래 봤자 보이는 않는 수렁과 함정은 999개쯤 남아 있고, 이 틈은 다시 훗날의 맹점이 될 것이다.

'뇌에 다른 자극을 줄 필요가 있어. 더 주눅 들지 않게 바깥바람을 쐬어야 해.' 통곡의 일기장을 덮은 나는 나갈 채비를 한다. 골목이 너무 컴컴하지 않나 싶었는데 행인 하나가

가로등 아래에서 뭔가를 조작하자 불이 켜진다. 대로로 나오니 거리는 더 환하다. 토요일 봄밤다운 풍경이다. 개를 데리고 나온 사람들, 맞잡은 손을 흔들며 걷는 사람들, 솟구치는 분수 아래에서 소리를 지르는 사람들. 맞은편 포장마차 거리가 궁금했던 나는 마음을 바꿔 그대로 직진한다. '다리 아래로 가는 게 좋겠어. 혼자 나온 사람들 쪽으로. 헐거운 운동화 끈을 단단히 묶으면 정신도 붙잡을 수 있을 거야.' 줄을 꽉꽉 동여매는 동안 눈에 들어오는 건 흙바닥에 앉아 고양이 먹이를 주는 사람, 러닝 기록을 확인하고 숨을 고른 뒤 다시 뛰는 사람, 커피를 마시며 강을 구경하는 사람.

나는 사람들에게 가까이 가지 않으면서 사람들에게 힘을 얻는다. 내게 함부로 군 건 낯익은 이들이었지, 이렇게 낯선 이들이 아니었다는 사실도 힘이 된다. 그래도 스테인리스 텀블러를 쥔 손에 힘을 뺄 수 없다. 텀블러는 대외적으로 물을 담은 용기이지만, 미리 꺼내 든 호신 용품이기도 하다. 불시에 공격하면 나도 불시에 반격한다. 가까이 다가오면 인중을 세게 칠 것이다. 주춤거리지 않고 죽일 기세로 밀어붙일 것이다. 그렇게 조심했는데도, 또 조심해야 한다면.
'그러니까 오지 말라고 했잖아. 대체 왜 그러는데. 조심해야 할 사람은 내가 아니라 너야!'
나는 텀블러가 우그러질 때까지 상대를 탓할 것이다.

요사이 뉴스는 팔 악력에 도움이 된다. 최악의 겁쟁이들이 저지르는 죄 때문에 근육이 도무지 이완되지 않는다. 의식이 있는 여자와 대화하지 못하는 것, 약을 먹여 반죽음 상태를 만드는 것, 그렇게 된 사람의 사진과 영상을 남기는 것, 그렇지 않은 사람의 사진과 영상도 만드는 것, 그걸 무기로 상대를 자괴감에 빠뜨린 다음 권능감을 느끼는 것. 어제도 그제도 본 루저들을 더 보기 지친다. 퓨리오사*와 함께 이 무리를 처단하고만 싶다. 하지만 동시에 나는 이 텀블러로 천천히 물만 마시고 싶다. 누군가를 죽여버리겠다고 각오하기 싫다. 내 평범한 소지품이 사건 현장의 증거물이 되길 원하지 않는다.

교각 그림자에 내 그림자가 섞여 들어가면 칠흑. 교각 그림자를 벗어나 내 그림자가 다시 빠져나오면 광명. 죽다 살고, 살다 죽고. 로그아웃, 로그인. 마음이 결결이 어둑해졌다가 밝아진다. 작고 뾰족한 돌을 집은 나는 징검다리를 건너 개천 안쪽으로 들어선다. 그리고 돌탑 위에 나의 돌을 조심스레 올린다.

'사는 동안은, 좀 살게 해주세요.'

---

* 앞에서 소개한 조지 밀러의 영화 〈매드 맥스〉에 등장하는 여성 사령관으로 세상을 전복시킬 엄청난 힘과 분노를 지닌 캐릭터. 이름의 어원에도 격노라는 뜻이 담겨 있다.

다리 아래 전등이 말을 건다.

'떨지 마. 너는 얼마든지 세상에 합류할 수 있어.'

집으로 돌아가는 길에는 정든 동네가 말을 건다.

'살아. 어쨌든 살도록 해. 내가 살펴줄게.'

귀가 후 조금쯤 개운해진 마음으로 책이나 읽을걸, 내 소설 제목을 검색창에 쓰고 리뷰를 살피는 게 아니었다. 나와 언젠가 긴 대화를 나눴던 독자가 쓴 글이 눈에 들어온다. 습관, 작법, 멘탈 관리에 대해 질문한 사람이었다. 악평에 대해 어떻게 대처하냐고 물었던 그가 긴 악평을 써뒀다. 그는 내가 소설 리뷰를 읽는다는 사실, 내가 살아 있다는 사실을 알고 있다. 그날 우리는 분명히 따뜻한 대화를 나눴는데. 둘 다 일기를 쓴다는 사실을 알고 친밀해졌는데. 내게 선물 받은 책을 처치하기 곤란하다는 말에 내 입장도 곤란해진다. 텀블러는 나 혼자 쥐고 있는 게 아니었네. 그도 나처럼 목을 축이기 위해서만 텀블러를 들고 다니는 게 아니다. 그렇다고 텀블러를 호신 용품 삼아 들고 다니는 것도 아니다. 월드 와이드 웹 안의 그는 텀블러를 열어 내게 물을 끼얹는다.

"크게 되겠어. 이 포부와 기상을 봐. 아주 크게 되겠네."

나는 한 손으로 턱을 괸 채 그를 추켜세운다. 짐짓 괜찮은 척해도 정수리에서 찬물이 뚝뚝 떨어지는 것 같다. 산책의 기쁨에 머물고 싶었던 뇌가 명령한다. 패스, 스킵, 패스,

스킵. 그래도…. 악플을 읽으면 진짜 속상하시겠어요, 라는 그의 말이 떠올라 고개를 젓는다. 사람들이 왜 그런지 모르겠어요, 라고 말하며 고개를 젓던 그의 얼굴이 떠올라 눈을 감는다. 그만, 그만. 나는 자리에서 일어나 코코넛 아이스크림을 먹기로 한다. 스푼을 서너 번 뜨자 마음이 펴진다. 그가 아닌 다른 독자들을 떠올리자 마음이 더 펴진다.

누구든 나를 싫어할 수 있다. 내가 그렇듯 그도 그럴 권리가 있다. 더욱이 나처럼 일기를 쓰는 사람, 꼼꼼히 뒤돌아보는 사람이 쓰는 글이 훨씬 따가울 수도 있다(반려동물을 기르지 않는 사람이 차라리 위험하지 않은 것처럼, 어떤 면에선 일기를 쓰지 않는 사람이 차라리 덜 위험할지도). 결국 뭔가를 쓰는 행위를 신성시할 것은 없다. 찰나의 교감을 불신하거나 맹신할 필요도 없다. 일기는 손발톱을 깎거나 눈썹 정리를 하는 일과 전혀 다를 바 없다고 여겨야 또 무덤덤하게 펼칠 수 있다. 그러니 내가 할 일은 냉기만큼의 온기를 찾는 일. 고개를 반대편으로 다시 돌리는 일. 지하철에서 운 좋게 급행열차를 탄 것, 친구가 준 콤부차가 맛있던 것, 도서관에 읽고 싶은 책이 있던 것, 듣고 있던 음악과 행인의 걸음걸이가 절묘하게 맞아떨어지던 것, 쏟아지는 비를 기막히게 피한 것. 이런 순간들이 지상에 내려앉지도 못하고 사라지기 전에 일기에 차근차근 적는 일.

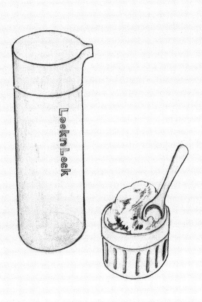

종이 묵주

머리가 베개에 닿는 즉시 그 대로 잠드는 사람이 늘 부럽다. 하지만 집 밖에서 잘 때 이런 내 염원을 믿어주는 사람은 없다시피 하다. 어디 가서 제발 불면증이 있다고 하지 마라, 대체 언제까지 잘 수 있는지 궁금하다, 너처럼 잘 자는 사람도 드물다는 말을 들은 게 여태 몇 번째인가. 대가족과 함께 사는 친구 집에 갔을 때는 거실에서 대자로 자면서 피식피식 웃기까지 했다. 엄마가 아침부터 맛있는 걸 만드나 보네, 싶었는데 요리사는 친구의 어머니였고 그 어머니의 시어머니까지 일어난 지 오래였다. 이쯤 되면 내가 예민한 인간이라는 자각은 하나의 가설 아닐까.

이번에도 다른 친구의 집에서 아주 깊이 잠들었다. 꿈결에 설핏 들리는 키보드 소리까지 숙면을 도왔다. 밥은 같이 먹어야겠다고 생각한 친구가 결국 일을 멈추고 정오에 나를 깨웠다. 라면 국물을 뜨며 이 폭면의 이유를 떠올려보지만,

    1. 어젯밤 쑥떡으로 너무 열심히 공룡 피규어를
    만들었던 것
    2. 같이 읽은 제인 갤럽의 책이 진저리 나게 어려웠던 것
    3. TCI 기질 검사와 트라우마에 대해 떠든 것
    4. 세계 국가 지도자 후보 중에 트럼프와 푸틴만
    있다면 누구에게 투표할지 논한 것
    5. 오전에 서울국제도서전에 다녀왔던 것

    이 항목만으로 열두 시간의 수면 모드, 의식 로그아웃 상태를 해명하긴 어려울 성싶다. 5번 서울국제도서전 앞에 '혼잡의 상징, 삼성역 코엑스에서 열린'이라는 말을 붙여도, '사실 다른 건물 쇼핑몰에서 헤매다 간신히 입장한'이라는 말을 숨겨도. 거래처와 통화를 마치고 서류 정리로 경황이 없는 친구는 가방을 든 내게 쑥떡을 건넨다.
    "가다가 배고프면 먹어. 어제 이거 맛있다고 했잖아. 언니 멀리 안 나갈게."
    나는 두 손으로 떡을 받아 들고는 이 식량으로 절대 공룡을 만들지 않겠다고, 그 어떤 파충류도 만들지 않겠다고 다

짐한다.

버스는 90분 후에 출발하니 터미널 쉼터에 앉아 가방을 푼다. 가방 안에는 친구의 또 다른 선물이 있다. 그건 내가 최근에 쓴 단편으로, 출력물 마지막 장에는 친구가 남긴 장문의 메모가 있다. 나는 소설의 리뷰를 보통 작업 일주일 또는 보름 후의 내게 맡기곤 하지만, 가끔은 신뢰하는 타인의 시선과 감상이 절실히 필요할 때가 있다. 이게 맞는 방향이야? 이렇게 가도 돼? 정말? 불안과 비관의 굴레에 빠진 심약한 길치를 위해 누군가 밝혀주는 빛. 바쁜 와중에도 초고를 읽고 남겨주는 화답. 그러니 이 메모가, 이 우정과 연대가 사랑이 아니면 무엇이란 말인가.

낮의 터미널 쉼터는 고요하고 어딘가에서 갑자기 선선한 바람도 불어온다. 코가 더 찡해지기 전에 서둘러 친구의 손 글씨를 읽기 시작한다. …어? 이게 뭐지? 글자가 다 흩날려 있어서 무슨 말인지 알아볼 수 없다. 나는 친구가 엄청난 악필이라는 사실을 늦게야 떠올린다. 그가 내 글씨는 나도 못 알아본다는 말을 자주 한다는 사실도.

이건 쓰레기다, 라는 문장을 발견한 나는 흠칫한다. 자세히 보니 이건 미스터리다, 라는 문장이다. 약간 심심하다, 로 파악한 문장은 각도에 따라 신선하다, 로 보이기도 하고 신산하다, 로 보이기도 해서 도무지 의중을 파악할 수 없다. 눈을 깜빡이며 메모를 다시 들여다보고 있을 때 누군가 다가온다.

"여기 좀 있어도 되죠? 내가 다리가 아파서."

나는 암호를 해독하는 대신 내 앞에 바짝 붙어 앉은 노년 여성의 등을 본다. 설마 기차놀이를 권하시는 건가. 칙칙폭폭 땡, 하고 어깨에 손을 올려야 하나. 머리통을 조금만 숙이면 바로 닿을 듯한 거리. 가족과도 이렇게 앉아본 적이 있었나 싶은 거리. 그렇지만 누가 봐도 화목한 모녀 사이로 보이는 거리. 선생님, 우리가 이렇게 광활한 쉼터에서, 이렇게까지 가까이 있을 필요가 있을까요. 하지만 내가 자리를 옮긴다면 그가 자책감에 휩싸일 테니 이대로 머물기로 한다.

그래도 잠을 충분히 잔 덕인지 고단하지 않다. 나는 이제 아무 활자도 읽지 않고 앞사람 너머 행인들을 우두커니 본다. 청소 노동자 네 명이 일식 돈가스 가게 앞에 멈춰 선다. 그들은 허리를 굽히고 음식 모형을 자세히 살펴본다. 가격과 구성을 골똘히 관찰하는 것 같다. 고민 끝에 뭔가 꺼려졌는지 모두 발길을 돌린다. 내 앞 기차놀이 멤버도 버스 도착 시간이 다 되었는지 자리에서 일어난다. 나는 읽어내지 못한 글자가 가득한 출력물을 가방에 넣는다.

버스는 40분 후에 출발하고 터미널은 여전히 한적하다. 나는 손바닥을 포개보다 양손을 펼친다. 손에는 옥수수 씨눈 크기의 굳은살 여섯 개가 있다. 왼손의 두 개, 오른손의 두 개는 몇 달째 헬스장에서 쇳덩이를 들다 생긴 굳은살. 그리고 오른손의 엄지와 중지 쪽 두 개는 오랫동안 펜을 쥐다 생긴 굳은살. 힘주어 세수하면 피부 스크럽도 가능하겠다는 추측 다음에 뜻밖의 진지한 질문이 찾아든다.

작고 딱딱한 살을 만지작거리다 보면 그만큼의 작고 딱딱한 자긍심이 생길 수 있는 걸까. 어쩌면 그럴 수도. 신이치에게 기생수이자 소울메이트인 오른쪽이*가 있다면, 내게는 여섯 개의 씨눈이가 있을지도. 그렇게 생각하자마자 숨결이 생긴 씨눈들이 일제히 입을 벌리고 말한다.

'이것 봐. 우리가 이렇게 자랐잖아. 그러니 너무 걱정하지 마. 소설이든 운동이든 공부든 하루아침에 되는 건 없어. 매일, 조금씩, 천천히 가면 되는 거야.'

나는 문신 같은 살점을, 누가 단번에 새겨준 게 아니라 내가 찔끔찔끔 새겨가는 몸의 흔적을 내려본다. 가방을 메고 일어선 다음엔 손가락으로 여섯 개의 씨눈을 차례차례

---

* 이와아키 히토시의 SF 만화 『기생수』(1995년)에 나오는 정체불명의 생물.

쓰다듬어본다. 묵주를 돌리듯, 나무로 만든 묵주 한 알 한 알을 매만지듯.

그렇다면 1. 타인의 시선과 감상이 따르지 않고 2. 저자와 독자가 대개 일치하며 3. 쓰는 동안 생기 있는 고독을 선사하는 일기는 일종의 종이 묵주, 종이로 만든 묵주일 수도 있지 않을까. 사람들이 교회와 성당과 사원과 절에 나가듯 나 역시 이 종교 행위에 규칙적으로 매진하고 있는 게 아닐까. 다만 신과 교리와 포교 활동이 없는 종교.

한가한 나는 신앙이라는 흔한 명사를 찾아본다. "신과 같은 성스러운 존재를 신뢰하고 복종함", "초자연적인 절대자, 창조자 및 종교 대상에 대한 신자 자신의 태도로서, 두려워하고 경건히 여기며, 자비·사랑·의뢰심을 갖는 일"이라는 풀이가 있지만 간명하게 한자어 각각만 따지자면 이 뜻엔 사실 주어가 없고 동사뿐이다. 믿을 신, 우러를 앙. 곧 믿고 우러르는 대상은 가변적일 수 있다는 형식. 그러니 신앙심은 "어떤 절대자를 믿고 따르며 교의를 지키는 마음", "신이나 초자연적 절대자를 믿고 따르는 마음"에서 '○○을/를 믿고 따르며 ○○을/를 지키는 마음'으로 바꿔볼 수 있다는 의미(유수의 사이비 종교가 태동하는 핵심적인 원인은 이런 자의적인 해석 때문이다).

버스에서 내린 나는 어쩐 일인지 집으로 곧장 가지 않고 헬스장에 간다. 1박 2일의 여정 끝이 왜 운동인가. 이토록 무거운 가방을 이고 가는 게 맞는가. (진짜 얼마나 처잤기에) 아직도 체력이 남은 건가. 혹여 아까 터미널에서 씨눈이들과 비밀 대화를 나눴다고 무리하는 거라면, 그만 발길을 돌려야 하지 않나. 얼마 후 기어이 자전거 페달을 굴리고 있을 때, 등 뒤에서 누군가의 목소리가 들린다.

"그쪽 운동 잘해요. 남자보다 힘세요."

얼마 전 헬스장에 등록한 카자흐스탄 사람이다. 놀라 손사래를 치지만, 그는 이미 나의 종교를 알아봤다는 듯 배시시 웃는다. 당신도 꽤 신실한 운동 신자이시군요, 라는 눈빛. 나는 그가 마음대로 생각하도록 더 해명하지 않는다. 힘의 척도를 남자 하나로 삼지 않아도 된다는 의견 역시 전하지 않는다.

도넛과 탕수육

　　　　　　　　　　같은 반 친구는 별일 아니라
는 투로 말했다. 동네에 프랜차이즈 도넛 가게가 생겼다고.
(근데 이제) 도나쓰가 아닌 도넛 가게가. 그의 말대로 깨끗
한 유리 너머, 밝은 조명 아래에는 겉면에 슈가 파우더를 고
루 입힌 도넛이 가지런히 진열되어 있었다. 열 살 언저리의
내게 그 광경은 천국과도 같아 보였다. 친구가 건넨 도넛을
베어 먹은 순간, 미뢰에 퍼지는 다디단 맛은 전류와 다름없
었다. 실망만 안기는 세상에도 확실한 행복이 있다는 사실
을 빵이 증명해준 후로, 나는 친구가 자기 집에 가자고 할
때마다 거절하지 않았다. 오직 빵을 사기 위해 혼자 그 동네
에 가는 건 어쩐지 터무니없는 죄를 짓는 것 같았기 때문이
다. 나는 원하는 상품과 재화를 맞바꾸는 자본주의적 행위
가 어색했고, 내가 언제든 고객이 될 수 있다는 사실 또한

어색했다.

어렵사리 그 동네에 간다고 반드시 빵을 살 수 있는 것도 아니었다. 먼발치에서 가게 간판만 보다 돌아선 적도 몇 번 있었다. 도넛 매대 앞에 서 있는 점원이 천국의 문지기라도 되는 것 같아서 도무지 용기가 나지 않았다. 친구의 집에서 늦게까지 놀던 날, 나는 문밖까지 배웅 나온 그에게 비틀린 고백을 했다.

"우리 도넛이나 먹을래?"

가방을 매며 도넛 생각만 했는데도, 마침 도넛이 떠올랐다는 천연덕스러운 얼굴로.

"어때? 배고프지 않아?"

어쩌면 친구도 이 말을 기다렸을지 모르지. 나보다 더. 하지만 나는 이 제안이 결국 제안이라는 형식을 갖춘 통보라는 사실을 알고 있었다.

"내가 사줄게. 가자."

다행히 친구에게 가닿는 내 목소리는 떳떳하게만 들렸다. 그렇지 않을 이유도 없었다. 우리는 꽤 친해진 상태였고 해가 저물 때까지 먹은 게 없었으니까. 나는 실눈을 뜨고 그간 딸기잼이라는 이름으로만 불렸던, 필링이란 이름이 있는 줄도 몰랐던, 그러고 보니 필링이란 세련된 이름이 더욱 본명처럼 여겨지는 도넛 내부를 생각했다. 필링을 품은 도넛.

베어 물면 입속에서 구름과 노을이 한 번에 터지는 도넛. 그러니 친구의 답은 나를 혼비백산하게 만들기 충분했다.

"아니야. 안 먹을래. 있잖아, 돈은 그런 데다 함부로 쓰는 게 아니야."

친구 동네의 하늘은 그날따라 더 검푸르고 아득했다. 먼 곳의 별들이 슈가 파우더처럼 빛났다. 이른 나이에도 세상은 희한할 정도로 허무한 곳이었다. 그날 일기에 나는 별이 너무 반짝여서 죽고 싶다고 적었다. 내게는 거를 데 없이 평범한 말이었다. 다음 날 담임교사가 나를 불렀다. 그리고 내 일기장을 펼쳐 문제의 구절을 짚었다.

"왜 이런 말을 썼니? 왜 이런 감정을 느꼈어?"

나는 차마 도넛을 못 먹어서, 속에 아무것도 없는 도나쓰 말고 필링이 든 도넛을 못 먹어서 그렇게 적었다고 대답하지 못했다. 그냥 저녁에 낯선 동네에 있다가 울적한 기분이 들었다고 말을 얼버무렸다. 교사 역시 이런 소리는 절대 하면 안 된다는 근거 없는 조언으로 특별 상담을 얼버무렸다. 이 상담 뒤로 열 살 언저리의 내게는 독자가 있는 일기를 쓸 때 적용해야 하는 원칙 아닌 원칙 몇 가지가 생겨났다.

1. 할 말, 못 할 말 구분하기
이 일을 계기로 공적 언어와 사적 언어 사이에는

분명한 경계가 있다는 사실을 체감했다. 몸 바깥으로
결코 흘러 나가면 안 되는 말이 있는 것이었다.

2. 초등학생 신분에 걸맞게 되도록 순진무구하기
어른이 기대하는 보편적인 어린이 상이 꽤
확고하다는 사실도 깨달았다.

3. 이럴 바엔 차라리 글을 또렷하게 쓰기
글에 주관적인 비약과 개인적인 욕망을
들쭉날쭉하게 내보였다간 모두가 수렁에 빠지고
마니까.

그날 이후 일기는 사회생활과 대인 관계를 위한 리트머
스 시험지로 변해갔다. 내가 어느 시점부터 하루 중의 코미
디 구간을 부각해 쓰기 시작한 것이다. 실제와 가까운 심경
이 A라면, 과장된 일기용 글은 B인 식이었다. 지금의 내가 A
와 B를 재현해 써보자면,

A 가족과 함께 산길을 걷다 우연히 기기묘묘한 체험
시설까지 들어왔다. 안전 요원은커녕 행락객 누구도
없는 휑댕그렁한 공간이었다. 몇 년 전까지 청소년
수련원이나 극기 훈련장으로 쓰이다 경영난으로
소리 소문 없이 폐장한 곳일지도 몰랐다. 숲에 바람이
일자, 어딘가에서 긴 줄이 흔들렸다.

"저거 타도 될 것 같은데? 놀이 기구 맞지?"

가족 중 누군가 호기롭게 물었고, 우리는 어느새 언덕을 올라 차례로 기구 앞에 섰다. 와아아, 줄을 타고 바람을 가르는 가족들의 목소리가 숲을 울렸다. 마지막으로 내 순서가 되었을 때, 나는 뭔가 좋지 않은 일이 일어날 듯한 예감에 몸을 떨었다.

"금방 와. 순식간이야."

어느새 멀어진 가족들이 손을 흔들며 외쳤다. 나는 대꾸 없이 주위를 둘러봤다. 산은 낮에도 어두웠고 잎사귀가 만든 그늘은 서늘했다. 내 뒤엔 축축 늘어진 나뭇가지뿐이었고 물러설 데는 없었다. 줄을 잡고 발을 뗐을 때 안 좋은 예감은 현실로 닥쳤다. 속도가 생각보다 훨씬 세게 붙은 것이다. 겁에 질린 나는 어느 순간 줄을 놓고 말았다. '내가 왜 흙바닥에 붙어 있지?'라는 생각을 하자 곧 통증이 느껴졌다. 턱에서부터 미지근한 피가 많이 흘러내리고 있었다.

B 가족과 함께 집라인 뭐시기라는 걸 탔다. 먼저 줄을 잡은 엄마, 아빠, 동생이 타잔1, 타잔2, 타잔3처럼 숲을 날았다. 나도 타잔4가 될 줄 알았는데 아뿔싸, 중간에서 손잡이를 놓치고 말았다. 공중에서 떨어진

나는 그대로 바닥을 데굴데굴 굴렀다. 턱주가리에서
피가 철철 흘렀다. 내 꼴을 본 가족들이 깔깔거렸다.
쳇, 걱정이 먼저인 것을. 나는 가족들을 쏘아보며
그만 좀 웃으라고 소리쳤다. 화내는 내 모습이
웃겼는지 동생이 또 킥킥댔다. 자포자기한 내가
동생에게 물었다.

　　"근데 내 핏자국 수염 같지? 나 퇴계 이황 같지?"
　　어깨를 들썩이며 웃던 동생의 눈이 어느새
왕방울만큼 커졌다.
　　"언니, 쌍코피도 나는데?"
　　"얼씨구, 정말이네. 아이고, 못 살아."
　　가족들은 한참이나 배를 잡고 웃다가 괜찮냐고
물었다. 흥, 이제야 신경이 쓰이신다? 진짜 진짜
아팠는데! 나는 다시 입꼬리가 올라가는 동생을 보고
씩씩댔다.

　　진지하고 모호했던 내 일기는 학기 초를 지나면서 장르
가 바뀌었다. 시트콤 각본 또는 콩트로. 일기의 저작권 또한
증발하고 없었다. 열람용 공공재가 된 지 오래였다. 다른 반
담임교사들이 내 일기를 돌려 읽다 학생들에게 낭독한 적도
여러 번이었다. 이상하게도 전혀 부끄럽지 않았다. 진짜 내
밀한 이야기는 거기 적혀 있지 않았으니까. 검사용 일기는

일기이면서 일기가 아니었으니까.

나는 반성 없이 질주하는 무용담을 계속 적어나갔다. 한 점의 진실 위에 가공된 세계를 덧붙여가는 일이란, 겨울 외투를 여러 겹 껴입는 일과도 비슷해서 외투가 두툼해지면 눈보라가 이는 돌산을 굴러도 아프지 않았다. 픽션은 춥고 부산하고 막막한 하루하루를 보기 좋게 정돈해줬다. 나도 이해할 수 없는 일을 누구나 이해할 수 있는 일로 만들어줬다. 무질서를 질서로, 불가해를 가해로 바꿔줬다. 나는 복면을 쓴 배우처럼 매일 무대에 올랐다. 실제의 나는 의기소침한데 일기 속의 나는 득의양양했다. 그 아이는 끊이지 않는 시련과 불운을 매번 재치와 기지로 뚫어나갔다. 누가 비웃어도 위축되지 않았으며 미래에 대한 전망도 지나치게 밝기만 했다. 이쯤 하면 나도 그를 따라 유쾌한 어린이가 될 수 있을 듯했다. 교내 독자들의 칭찬과 격려가 있는데 뭐가 문제란 말인가. 이 뜬구름 위에서라면 산소가 부족해도 괜찮았다. 새 복면을 얼마든지 만들 수 있었다. 엄마가 적어가던 가계부를 무심코 들춰보지 않았다면, 식탁에 항상 올려져 있던 그 노트를 펼쳐보지 않았다면.

나도 탕수육을 먹고 싶었다.

가계부 귀퉁이, 엄마가 쓴 이 한 문장은 나를 혼비백산하게 했다. 우당탕 소동극, 우왕좌왕 아동 활극에 심취해 있던 나는 무지몽매한 꿈에서 깨어나 그 글귀를 다시 들여다봤다. 나도 탕수육을 먹고 싶었다, 라니. 아빠가 모처럼 중식을 시킨 날, 엄마는 분명히 입맛이 없다고 했다. 엄마를 뺀 나머지 가족들은 오랜만에 먹는 배달 음식에 들뜬 상태였다. 아무도 엄마에게 더 묻지 않았다. 그래도 먹어보라고 권하지 않았다. 잘 기억나지 않는다. 어쩌면 엄마는 한사코 거절했을 수 있다. 우리가 탕수육을 한 점씩 입에 넣어주려고 했을 때, 끝까지 고개를 가로저었을 수도 있다. 그래도 진실은 변하지 않는다. 엄마가 뭔가를 먹고 싶었는데 참았다는 것. 어떤 음식을 먹고 싶은 욕망을 억누르고 다른 이들이 먹는 모습을 그저 바라봤다는 것. 나는 가계부 귀퉁이에 남은 고백, 내 짐작보다 취약하고 강렬한 성인의 속내를 발견하고 큰 충격에 휩싸였다. 누구에게나 겉과 속이 있다는 사실을 처음 안 것처럼. 누구에게나 입 밖에 내지 못한 말이 있다는 사실을 처음 알아챈 것처럼.

엄마의 문장은 그가 누군가의 보호자만이 아니라 엄연한 하나의 개인이라는 점을 일깨웠다. 그리고 진실이란 힘이 몹시 세서 뇌리에서 잘 잊히지 않는다는 점도 알려줬다. 복면이 얼굴에 붙을 지경인 일기 쇼를 관둬야겠다는 생각은 이때쯤 들었을지 모른다. 팔을 들어 올릴 수 없을 정도로 껴입은 외투를 그만 벗어야 한다는 생각도 이때쯤 들었을지 모른다. 나아가 누군가의 마음을 움직일 수 있는 글은, 진짜 마음에서 움튼다는 믿음을 이때쯤 처음으로 품었을지 모른다. 마음이 푹신푹신한 픽션의 옷을 입는대도, 옷이 아무리 말쑥하고 따뜻하다 해도 그 속에 있어야 하는 것은 절대 다 듣어지지 않은 마음, 무모하고 형편없지만 내 마음이 아닐 리 없는 마음이어야만 한다고 말이다.

4. 일기의 클리셰

관망과 자존

　　　　　어버이날 특집 방송에 어느 손녀와 조모가 등장한다. VCR 화면을 통해 두 사람의 친밀한 관계가 드러날수록, 그들을 지켜보는 패널들의 눈은 초생달처럼 휜다. 패널들은 조모를 따르는 손녀를 기특하게 여기고 손녀를 챙기는 조모를 숭고하게 여긴다.

　"할머니 없으면 저는 아무것도 못 해요. 할머니가 다 해 주시니까요."

　손녀의 말을 들은 패널이 탄식조로 외친다.

　"아이고, 참 대단하시다. 할머니가 자기 인생은 없으셔."

　나는 화면에서 등을 돌린 채 이 괴상한 반응을 곱씹는다. 자기 인생이 없다는 말이 왜 칭찬으로 쓰인 걸까. 타인만을 위해 살아가는 것처럼 보이는 존재가 시청자에게 어떤 감흥을 불러일으킬까. 그러한 존재가 정말 이 세상에 있다면 그를 숭고하게 여기는 대신 그를 혼자 과로하게 만드는 가족과 사회와 관습이 잘못되었다고 여겨야 하는 게 아닌가. 나아가 자기 인생이 없는 존재가 과연 위대한가.

자신을 돌보지 않는 이는 높은 확률로 자존감이 낮은 상태에 처해 있을 것이다. 하지만 그가 자신을 위해 하는 일은 없다, 라는 패널들의 판단은 다수의 시청자에게 별 의심과 저지를 받지 않은 채 다른 경로로 멀찌감치 나아간다. 자기 인생이 없는 그는 이기적이지 않다. 이타적일 뿐이다. 그는 누군가를 위한 희생을 기꺼워하기까지 한다. 그래서 그 앞의 우리는 응당 죄책감을 가져야 한다. 물론 우리는 그에게 매일 사랑과 존경을 표하지는 않는다. 한동안이든 영원히든 우리는 바쁘고 서툴고 모진 사람 역할을 포기할 생각이 없다. 자기 인생이 없는 자에게는 계속 경탄을 보내면서 절대로 가까이 가지 않는 편이 현실적으로 적절한 대응이기 때문이다. 조모는 그래서 다음 날도 그다음 날도 홀로 분주히 손녀를 챙길 것이다. 앞으로도 오랫동안 내용 없이 텅 빈 연민과 찬사를 받을 것이다. 어떤 의사도 그에게 '평생을 희생한 나 자신 증후군'이라는 병명을 주지 않을 것이다. 예후가 좋지 않다면 "내가 너한테 어떻게 했는데!"라는 말을 격노하며 뱉게 될 거란 진단 역시 내리지 않을 것이다. 이 조모는 세상과 어떤 관계를 맺고 있나. 이 관계 역시 일종의 관계라면 보이지 않는 계약서, 맨 뒤 특약 사항에 '천재지변이 없는 한 초과 노동에 앞으로도 성실히 임하기로 한다'는 조항이 적힌 그 계약서는 누가 갖고 있나.

환경 또는 기질을 통틀어보면 내가 사는 동안 비교적 잘 해낸 것은 관망이었다. 나 자신과 세상에 두 발을 푹 담그지 않은 채 지내는 일이 익숙했다. 내가 현장의 구성원임에도 불구하고 그곳에서 이탈해 상황을 보는 것이 숨 쉬듯 자연스러웠다. 그러니 소설을 쓸 때 인물과 세계에 거리를 두는 방식, 다른 말로 메타 서술은 내게 있어 전략이라기보다 습관에 가까웠을지 모른다. SF 쓰기는 주로 지금 이곳을 멀리서 바라보려는 태도에서 작동하기 마련이고, 그런 면에서 내가 계속 써나갈지 몰랐던 SF는 나 같은 이에게 예상보다 잘 맞는 장르였다. 좋게 말하면 입체적인 접근, 나쁘게 말하면 무용한 상상. 관대하게 말하면 내가 문제를 전방위로 보기 위해 애쓰는 사람이라는 자각, 엄밀하게 말하면 그 자각이 환상이라는 사실에 대한 무지. 멀리 도망쳤어도 이런 글쓰기 재료가 정작 멀리 있지 않던 것이다.

나를 공격하는 상대의 앞모습, 뒷모습을 동서남북으로 바라보고 그의 생애와 역사를 짐작해보려고 하면 그의 말과 행동을 일면 이해할 수 있었다. 정확히는 이해할 수 있는 영역이라고 생각했다. 나의 심신이 건강할 때 이 시도는 관계의 지평을 넓혀줄 수 있다. 문제는 내가 얼마나 오래 건강했느냐는 것이다. 지나가는 한철 말고.

자신이 건강하지 않을 때, 충분히 튼튼하지 않을 때 상대를 먼저 이해하려는 시도는 결국 자신의 입지를 축소시킬 수 있다. 자신을 제외한 세상을 안간힘으로 포옹하려고 할 때 부서지는 것은 자신의 심신 그리고 존엄일 수 있다. 크고 굳센 건 자신이 아니라 미동 없는 세계일 수 있다는 것이다. 당시에는 두 팔을 벌리려는 버거운 노력이 오히려 수월하기도 하다. 실제로 오늘만, 한 달만, 한 해만 참는다고 여기면 괜찮아지기도 했다. 하지만 이 억지 확장 뒤에 찾아오는 손님은 열에 여덟, 자기 비하와 조소였다. 거듭되는 모면이 모멸을 불러온 것이다. 안데르센의 동화 속도 아닌데, 어느새 내가 튤립 속 엄지만 한 크기로 줄어들었을 때, 나는 내게 아무렇지 않은 듯 말한다.

'뭐 하러 식탁까지 가서 앉아? 가스레인지 앞에서 빨리 먹고 치워. 화장실 불 켜게? 새 수건 쓸 거야? 중요한 일도 아닌 것 같은데 이따 하고 전화부터 받아야지? 그 말이 마음에 걸려? 네가 과민한 거겠지. 알잖아, 네가 얼마나 세세하고 까다로운지. 혹시 기침 한 번 난다고 휴지 쓰는 거야? 네가 뭐라고? 네깟 게 뭐라고?'

이렇게 계속 살 수는 없다, 더는 곤란하다는 각성은 크고 작게 일어났다. 휴화산이 분화 활동을 시작하자 당연히 내게도 타인들에게도 진통이 따랐다(휴화산은 활화산에 속한다는 이론에 따라 이제 사용하지 않는 용어가 되었다고 하니, 휴화산이란 사실상 활동을 쉰 적이 없는 셈이다). 붉어진 얼굴로, 뒤집힌 목소리로 여태 문제 삼지 않았던 걸 문제 삼는 내 모습은 나조차도 상상해본 적이 없었다.

그간의 자기 패턴을 복제하지 않겠다는 비장한 일념으로 온라인 쇼핑을 하는 사람은 드물겠지만 2월 1일을 앞둔 날, 나는 관성과의 절연을 선언하는 의미로 결제 버튼을 눌렀다. 태어나 처음 스스로에게 주는 생일 선물이었다. 그리고 곧 기나긴 후회에 시달렸다. 생일에 도착하길 소망했던 선물이 나의 결심을 조롱하듯 두 달 넘게 배송되지 않았기 때문이다. 허깨비처럼 날아간 12만 8천 원보다 더 아쉬웠던 건 내 의지가 소리 소문 없이 꺾였다는 사실이었다. 나는 대륙인지 해양인지 어디에서 부유하는지 모를, 만들어지긴 했는지도 모를 선물의 행방을 알아보기 위해 간절히 연락을 취했다.

안녕하세요, ○○○○ 오피셜 메일 담당자님. 저는 24년 1월 30일에 향수를 주문했던 비회원입니다.

다름이 아니라, 주문 내역과 입금 처리가
확인되었다는 메일 두 통을 받고 상품을 기다렸는데
오늘 조회 내용에도 '배송 준비 중'이라는 문구가
있어 문의드려요. 배송은 결제 완료 후 3-7일 정도
소요된다는 안내가 있지만, 상황에 따라 다소 지연될
수 있을 텐데요. 그렇더라도 상품을 대략 언제쯤
받을 수 있을지 궁금합니다. 아래 사항을 참고하신
뒤, 답변 주시면 감사하겠습니다. 첨부 파일은 거래
참고용 이체 확인증입니다.

하루, 이틀, 한 주, 보름이 지나도록 메일을 확인한 담당
자는 답이 없고, 홈페이지에도 아무 공지가 올라오지 않는
다. 의기소침한 내 꼴을 도저히 두고 볼 수 없는 내 안의 목
소리들이 싸우기 시작한다.

'그러게 왜 샀어? 향수가 정말 필요했어?'

'좀 사면 어때? 그 회사가 잘못한 거지.'

'담당자 답변 없을 때부터 이상했다. 구매 후기부터 좀
읽지.'

'왜 그래? 새로 시작하려고 했다잖아. 사람이 그거 하나
를 못 사냐.'

내가 나의 싸움에서 관심이 사라지고도 한 계절을 지나
향수는 도착했다. 정중한 사과문과 함께. 향수와 함께 선택

한 4개의 옵션 상품은 모두 빼고.

택배를 기다리는 동시에 기다리지 않는 동안 일상엔 변화가 따랐다. 나는 이제 접시에 음식을 정갈히 배치한 후 식탁에서 천천히 식사한다. 아무리 구조가 친숙하대도 컴컴한 화장실에 들어가지 않는다. 기침이 나면 바로 휴지를 뜯고, 좋은 손 세정제와 비누와 로션을 사용한다. 건강검진 결과 자궁에 이상 세포가 있다는 문자를 읽고는 저항 없이 병원에 간다. 우울하다는 판단을 지금 몸에 필요한 것이 제공되지 않았을지 모른다는 판단으로 전환해본다. 논의가 존재와 철학의 장으로 성급히 넘어가기 전에 내게 수면, 햇빛, 유머, 영양분, 지적 긴장, 부드럽고 따뜻한 감촉, 감당할 만한 스트레스가 수반되는 과제, 타인과의 대화다운 대화 시간이 주어졌는지 자문한다. 산책길엔 가방에서 휴대폰을 꺼내기 귀찮아 눈으로만 쫓던 강가 오리들을 카메라 화면에 담는다. 추운 날엔 아메리카노보다 달지 않은 라테가 끌린다는 사실을 깨닫고 내게 사준다.

누군가를 영영 안 보겠다는 다짐에서 중요한 것은 사실 누군가가 아닐 거라는 생각도 한다. 관계가 변화할 수 있다면, 서로에게 그러한 잠재력이 있다면 영영 못 볼 사람은 드물다. 하지만 심신이 위축된 시기에는 내가 다칠지 모를 장소에 나를 데려가지 않겠다고 다짐하는 것을 잊지 않는다. 피차 솔직하지 않은 자리. 함께 있을 때 존중과 경청이 없는 자리. 누군가 일방 통행할 뿐이라 수평이 도저히 맞지 않는 자리. 인간이 버려진 택배 상자처럼 있게 되는 그곳엔 가지 않는 것이다. 나는 이 각오를 통해 나를 한동안 안심시킬 수 있다.

때때로 지하철에서 독서하는 사람을 본다. 그들이 손에 쥔 것은 보통 성경이다. 나는 전과 달리 그들이 피켓과 확성기 대신 책을 들었다는 사실에 주목한다. 세상이 지옥이 되지 않길 바라는 마음으로 간절히 읽는 책. 뭔가를 염려하는 심정으로 조용히 의지하는 책. 그들처럼 내게도 손에 쥐면 든든한 물품이 있다. 한낱 종이 묶음에 불과해 보이는 일기장은 내가 세상의 일부라는, 일부였다는 사실을 누구도 아닌 내게 알리는 일종의 생존기다. 불에 타거나 물에 붙거나 머릿속에서 한없이 두꺼워지지 않는, 실재하는 일기장은 내게 말한다. 그건 없었던 일이 아니야. 신경 안 쓰인다는 듯 대범한 척할 필요 없어. 네 감정은 절대 사소하지 않았어. 너는 네가 세상에게서 받아보길 바라는 방식으로 세상을 대하지. 관용이든 관용하는 시늉이든 그건 나쁜 게 아냐. 하지만 세상이 너의 뜻대로 흘러가지 않는 모습에 너무 쓸쓸해하지는 마. 다 소용없다면서 남에게는 절대 하지 않을 말을 네게 쏟아내지도 마. 외부 풍경은 중요하지 않아. 네가 그걸 바라보는 태도가 중요하지. 웁스!... 아이 디드 잇 어게인.* 실수는 받아줘. 잘못은 반복되지 않게 주의하고. 그러면 돼.

관망을 통해 가까워졌던 친구, SF 역시 한층 밝아진 목소리로 회의를 제안한다. 안건은 둘이다. 1. 거리 두기의 메커니즘은 충분히 알았으니 거리를 둔 다음에는 무엇을 성의 있게 비출 것인가. 2. 고되고 갑갑했던 세상과 떨어지려는 방식으로 접근했던 글쓰기가 첫 번째 시기라면 두 번째 시기는 어떤 방식으로 맞이해야 하는 것인가. 한마디도 못 하고 입 주변만 긁자 나지막한 목소리가 들린다. 이 장르에서는 할 수 없는 것보다 할 수 있는 게 많잖아. 너를 태연히 박살 내는 세상에도 아지트는 있어. 그러니 와서 거닐어. 힘을 빼고.

---

* 온갖 다짐에도 소용없이 머릿속이 심각하기만 하다면 브리트니 스피어스의 〈웁스!... 아이 디드 잇 어게인(Oops!... I Did It Again)〉 뮤직비디오를 보자. 그 영상에서는 외계인 브리트니가 자기 행성에 온 지구인의 헬멧을 벗겨도 아무 사고가 일어나지 않는다.

스몰 토크

　　　　　　이른 아침, 문을 닫고 나서자 약 백 미터 앞에 비질 중인 사람이 보였다. 평소에 잘 마주친 적 없는 동네 여자 어르신이었다. 나는 목청을 가다듬은 뒤 최대한 자연스럽고 순박한 인사를 건넸다. 인사를 받은 그는 천천히 허리를 편 뒤, 나를 응시하며 활짝 웃었다. 와, 이렇게까지 환한 미소를 돌려주시다니. 동네에 이런 이웃이 있었구나. 그런데 왜 계속 웃으시지? 왜 허공에 대고 말을 하시지? 퀴즈는 2초 만에 풀렸다. 그 미소는 나를 향한 게 아니었기 때문이다. 어르신은 내 뒤에 걸어오는 다른 어르신을 보고 반가울 뿐이었던 것.

　'아침부터 집 앞을 청소하시네요. 요새 낮에 너무 덥죠?'

　인사 후 스몰 토크가 시작될 경우를 대비해, 다음 말을 숨아내던 나는 그대로 조용히 걸어나갔다. 엄살을 부리자면

내향인에게 스몰 토크란 숨 막히는 젠가 게임과 다를 바 없는데. 우리 내향형(i)들은 사회생활이 붕괴되지 않도록 나무 블록을 신중하게 집고, 아무도 모르게 엄선한 말과 표정을 치열하게 내보이는 건데. 아니, 어쨌거나 코앞의 제가 투명 인간은 아니었잖아요. 골목을 벗어나기 직전, 나는 마음을 바꿔 먹는다. 저 사람의 미소가 내 것이 아니었다면, 저 사람의 무심 역시 내 것이 아니지. 잡념은 이 골목까지만. 대로로 나가면 잊어버려, 레드 선.

시장에서 산 채소를 들고 돌아가는 길, 이번엔 다른 의미로 인상적인 어르신들을 만났다. 두 명 모두 아까처럼 정면으로 마주치게 된 사람들이었다.

"더운데 이따 아이스크림이라도 사 드세요."

한 남자는 주차 요원에게 만 원을 더 얹어 드리려고 했고,

"귀여운 여자야, 오늘도 왜 그렇게 아름다워? 응?"

다른 한 여자는 영상 통화 화면 너머의 친구에게 칭찬을 듣고 있었다. 주차 요원과 행인, 둘 다 아까 비질을 멈춘 사람만큼 환한 미소를 지었다. 이 미소 역시 나를 향한 게 아니었지만 두 사람의 웃음은 순식간에 공기를 타고 내게로 이어졌다. 산책하는 개와 보호자의 기쁨이 둘 너머 그 주변에도 퍼지듯 말이다. 나는 아이스크림을 살지도 모를 파킹 맨과 좋은 친구를 둔 큐티 레이디의 하루가 초여름의 어느

날보다 풋풋하고 선선할 거라고 짐작했다.

 소설 쓰기의 주된 일도 미루어 짐작하기 아닐까 싶다. 정확히는 미루어 생생히 짐작하기. 우회할 것 없이 내가 그나마 조금씩 다뤄온 SF로, 그중에서도 자주 활용한 기본적인 틀을 꺼내 말해봐도 될까. 세상에 X가 생긴다면. X가 있는 세상이 A에게 반갑다면, B에겐 버겁다면. 그리고 내가 A라면, B라면. 네가 A라면, B라면. 이 궁리에는 장단점이 따른다. 짐작을 하면서 가상의 상황과 대상에 대한 이해가 쌓일 수 있지만, 마찬가지로 짐작을 하면서 편견이 쌓일 수 있기 때문이다. 편견은 넘겨짚기와 확신을 거쳐 고정관념으로 재생산될 위험이 있고 그렇게 내치지 못한 고정관념은 기껏 꾸린 이야기 터에 재를 뿌린다. 물론 약간의 편향과 고정관념은 새 공간을 위한 시멘트 가루로 쓰일 수 있다. 하지만 새 땅에 올린 온갖 건축물이 거의 시멘트로만 이뤄졌다면 우리가 굳이 거기까지 가야 하는 이유는 뭘까. 해저 도시가 도곡동을 빼닮았다면, 테라포밍한 행성이 아이오와와 다를 바 없다면, 8억 광년 떨어진 거리에서 여기까지 온 외계 존재가 꿈돌이와 쌍둥이처럼 닮았다면, 그리고 그가 일체의 호기심이나 탐구심 없이 이 악물고 지구 정복만을 꿈꾼다면… 우리의 여정은 꽤나 지루하고 곤혹스럽지 않을까. 이 난관을 헤칠 방법을 나는 아직 하나밖에 모른다. 관찰, 오랜 관찰 말이다.

짐작의 장단점은 뒤섞일 수밖에 없다. 짐작은 누군가를 헤아릴 수도, 옭아맬 수도 있는 도구 이상도 이하도 아니기 때문이다. 그러니 내가 할 일은 '인간이 어떻게 그래?'의 구역과 '인간이니까 그럴 수 있지'의 구역 사이를 오가며 세상을 근면히 관찰하는 것뿐이다. 관찰을 기반으로 한 짐작이 그나마 통찰 언저리, 운 좋게는 성찰 근처로 나아갈 가능성이 있다.

처음 가본 카페에서 친구는 낯선 사장과 무람없이 대화를 나눈다. 스몰 토크에 능한 친구는 여유가 넘쳐 보인다. 심지어 존댓말과 반말을 자유롭게 섞어 쓸 줄도 안다. 뒤로 물러선 나는 타인의 사생활이 이토록 쉽고 빠르게 노출되는 현장에 소리 없이 경악한다. 그러다 자연스레 (왜?) 범죄소설의 도입부를 떠올리기 시작한다. 친구와 내가 이인조 강도라면. 사장이 지금 술술 읊는 일과와 동선에 대한 정보는 조만간 우리에게 유리하게, 사장에겐 불리하게 작용할 것이다. 자리에 앉은 우리는 스몰 토크에 대해 논쟁한다. 도무지 접점이 보이지 않는 순간, 친구는 말한다.

"나는 피상적인 관찰에서 벗어나려고, 상대에 대해 혼자 짐작하지 않으려고 스몰 토크를 해. 그러다가 그 사람만 답할 수 있는 걸 묻고 싶어서."

나는 컵을 쥐고 생각에 잠긴다. 그렇다면 스몰 토크야말로 실은 빅 토크 아닌가. 빅 토크가 도리어 스몰 토크인가. 이 질문은 예상대로, 한 치의 오차 없이 걱정으로 번진다. 친구처럼 세상에 끼어들지 못하면 결국 삿된 관념만 자랄까. 스몰 토크에 능숙하지 못한 상태로 글을 쓰면, 내가 한사코 떨구려던 편견과 편향이 글 속에서 더 커질까.

돌아보면 별다른 내규 없이 지낸 나날이었다. 누가 오면 오는 대로, 가면 가는 대로. 쉬어야 할 때 누군가를 만나고, 누군가를 만나야 할 때 집에 있었다. 열쇠는 내가 잘 쥐고 있어야 했는데. 내 의사와 기호를 분명히 밝혀야 했는데. 입을 닫고 대문을 열어야 했어. 아니, 입을 열고 대문을 닫아야 했어. 아닌가. 다 틀렸나. 분명한 건 내가 자꾸 교류의 길을 거꾸로 거슬러 올라가느라 배와 등이 질질 끌리고 신경은 곤두서 있었다는 사실이다. 카페를 나선 나는 스몰 토크란 세상살이에 대해 어느 정도의 낙관, 자신감, 통제력을 가진 이들이 부릴 수 있는 초고난도 생존 기술이라는 결론을 내린다. 스몰 토크를 진심으로 즐기게 되면 세상에 대한 불안과 공포가 상당히 줄어들 것이란 짐작도 해본다.

스몰 토크로서의 일기, 일기라는 스몰 토크는 (혹독한

129

실전과 달리) 한결 부드러운 맥락과 자장을 지닌다. 뭐라도 말을 거는 것. 스스로에게 말을 시키는 것. 우선 내 생각을 내게 찬찬히 풀어내는 것. 머릿속에 있는 이야기란 손끝으로 나오지 않는 이상 늘 형태가 변한다. 종종 실체가 사라지기도 한다. 안갯속의 플롯은 무턱대고 웅대해 보이거나, 무턱대고 졸렬해 보인다. 어느 쪽도 진실은 아니다. 결국 어떤 글이든 한 줄을 시작해야 끝내기가 가능하고, 일기는 이 뻑뻑한 출발을 조금쯤 수월하게 만들어줄 수 있는 디딤돌로도 괜찮은 도구다. 디딤돌이 너무 크다면 디딤 모래 정도. 디딤 모래도 너무 크다면 송진 가루 정도. 시장에서 채소를 사온 날 일기는 이렇다.

상추와 닮은 것. 파리, 강아지. 깻잎과 닮은 것. 모기, 고양이. 고양이 눈은 올리브, 고양이 귀는 바지락, 고양이 수염은 파스타 면, 고양이 앞발은 육쪽마늘, 고양이와 닮은 것은 알리오 올리오.

나는 이다지도 쓸데없는 생각을 내게 굳이 보여주면서, 그러니까 나름의 스몰 토크를 시도하면서 다른 허락을 구하고 싶은지도 모른다. 이렇게 떠들어도 괜찮냐고. 이렇게 지내도 괜찮냐고. 일기는 대꾸 없이 하품한다. 이제 와서 그런 건 좀 묻지 말라는 뜻이다.

진짜와 가짜

시장으로 들어서려는 길, 도로변의 봉고를 보고 멈칫했다. 낡은 차량 후면에 붙은 연예 기획사라는 문구가 시선을 끌었기 때문이다. 누가 나오는지 보기 위해 내내 기다려볼 생각은 없었다. 그런데 몇 초 뒤, 한 사람이 봉고 문을 열고 나왔다. 미색 드레스 차림의 여자였다. 옷감을 겹겹으로 덧댄 긴 의상은 동화 속 선녀의 옷 같았고 거대하게 부풀린 머리카락은 민담 속 요정처럼 보였다. 영화 〈천녀유혼〉을 몹시 좋아하는 사람인가. 발치에서 드라이아이스 연기가 피어오를 듯한 그에게 가장 인상적인 곳은 따로 있었다. 무게감이 상당할 듯한 속눈썹, 빨간색이 너무 선명해 뾰족해 보이는 입술, 백색 파운데이션으로 거의 덮어버린 얼굴. 여자가 스스로 했을지, 도움을 받았을지 모를 메이크업은 과장하는 게 아니고 이 세상 방식이 아니었다. 나는 순간 여자의 목으로 시선을 옮겼다. 이런 판단을 하는 내게 염증이 났지만, 그의 나이는 90세에 가까워 보였다. 이 사람은 어떤 공연을 앞둔 걸까. 아니면 어떤 공연을 하고 온 걸까.

일기는 진솔한 감정의 기록이라는 오해를 단단히 받고 있다. 꼭 그렇진 않다. 일기 쓰기는 진솔한 감정을 애먼 서술로 덮어가는 행위인 동시에 애먼 서술 안에 진솔한 감정을 숨겨 넣는 행위이기도 하다. 지면에 날마다 쌓아가는 장면 각각은 보통 단독으로 도드라지지 않는다. 컷이 모여 신(scene)이 되고 신이 모여 시퀀스가 되듯 하루하루는 보름과 달과 해로 이어지고 어느 날의 나는 사실 어느 시기를 거치던 중의 나로 재해석될 수 있다. 오늘에 대한 이해는 오늘 가장 뚜렷한 것처럼 보이지만, 어쩌면 맹점이 가장 큰 날일 수 있다는 것.

산책을 거르지 않았던 어느 계절, 일기에는 그저 시간과 걸음 수와 킬로미터가 남아 있다. 다른 계절로 이동한 내가 보기에 그때의 나는 건강하며 건강하지 않다. 비타민 D가 어느 때보다 많이 생성된 그 기간에 심장, 폐, 근육은 단련되었을지 몰라도 밖으로 나가 정신없이 걷지 않으면 안 될 만큼의 기력 넘치는 무력감이 몸 안에 출렁이던 것도 사실이기 때문이다.

  정말 건강했다면 일기엔 산책의 소회와 감상이 기록되
었을 것이다. 정말 괜찮았다면 두 발로 강의 끝과 끝을 오가
는 대신 버스를 한 번이라도 탔을 것이다. 정말 멀쩡했다면
목이 마르고 배가 고픈 내게 뭐라도 먹이고 움직였을 것이
다. 건조한 숫자로만 채워진 일기는 다음과 같은 사실을 일
깨운다. 그 시기의 내가 내게 1. 융통성과 유연성을 일절 허
락하지 않았다는 것. 2. 짧은 목줄을 채운 다음 뒤돌아보지
않고 직진했다는 것. 3. 진득한 대화를 청하지 않기 위해 방
바깥으로 도망쳤다는 것. 그러니 이 산책은 겉보기에만 산
책이었지 실제로는 나를 나에게서 소외시키는 행각, 즉 나
들이 흉내를 낸 회피와 방치였다. 쓰이지 않은 일기는 공백
을 통해 뒤늦게 말한다. 이때의 나는 슬펐다. 허약했다. 어쩔
줄을 몰랐다. 그런데도 나는 피폐한 내게 인색하고 가혹하
게 굴기 바빴다. 지난 일기의 빈자리를 통해 나는 중심을 잃
고 휘청였던 나를 알아본다. 내가 스스로를 돌보려고 하지
않을 때, 하늘과 땅이 나를 돌본다 한들 내가 그 손길을 인
지했을까.

  일기에 활자가 없는 시기는 내가 밖으로만 눈을 돌리는
시기다. 철교 아래 비둘기든, 목줄 없는 노견이든, 큰 구름

에 섞일지 말지 망설이는 작은 구름이든, 나를 알아봐줄 다정하고 명민한 존재가 밖에 있을 거란 믿음으로 쏘다니는 시기. 그러나 그 믿음이 허황한 믿음이라는 사실을 바깥의 나도 간파한다. 누구도 충만히 만날 수 없을 것이다. 만난다 해도 교류는 유한할 것이다. 그러니 "나는 나 자신의 외부여야 한다"는 프랑스 철학자 모리스 메를로-퐁티의 말은 자신이 자신에게도 다정하고 명민한 타인이 되어야 한다는 사실을 내포하는지도 모른다. 공백은 또 말한다. 타인에게 상냥했던 만큼 왜 내게는 상냥하지 않았나. 왜 지친 나를 코너로, 사지로 몰아세웠나. 무슨 심보로 거칠고 따가운 말만 늘어놓았나. 자기 연민 떨지 마, 라는 내부의 목소리는 나의 무릎을 비난한다. 동시에 자기 연민을 떨지 않는 나는 대단히 훌륭한 존재가 될 수 있다는 양 착각한다. 결국 내게서 너무 멀어진 나도, 너무 가까운 나도 나를 바라보지 못한다. 거울 속 그의 입은 벌어져 있으며 동공은 풀려 있다. 그는 나를 보는 게 아니라 뒤편의 허공을 우두커니 본다. 도리언 그레이의 초상*처럼.

---

* 오스카 와일드의 고딕 소설 『도리언 그레이의 초상』은 작품 속 인물 도리언 그레이와 초상화 속의 대상 도리언 그레이가 각각 살아 있다는 설정을 갖고 있다.

오래전, 유람선에서 짧은 공연을 본 적이 있다. 노란 셔츠에 파란 정장을 차려입고 나온 가수는 기타를 고쳐 맨 뒤 활짝 웃는다. 그는 실존하는 가수의 이름에서 한 글자를 고친 이름으로 자신을 소개하고, 실존하는 가수의 노래를 실존하는 가수의 창법으로 부른다. 이미테이션, 가짜, 더미(dummy). 무알코올 맥주를 홀짝이던 나는 함부로 그가 애처롭다고 생각한다. 나를 포함한 관객의 태도는 열없이 싱겁고, 그는 반응에 영향을 받지 않겠다는 듯 눈을 감고 열창한다. 아주 긴 시간이 지난 뒤, 상상 속 유람선에 오른 나는 그 의자에 다시 앉는다. 아무도 없는 무대에서 그의 노래가 들린다. 귀 기울일수록 맑고 서늘한 음색이다. 어떤 아포리즘은 기력이 쇠했을 때, 동심과 통찰이 바닥났을 때 찾아오기 마련이라 나는 지나치게 교훈적인 문장을 반성 없이 떠올리고 만다.

> 내보이고 싶어 하는 모습이 가짜, 내보이고 싶어
> 하지 않는 모습이 진짜라는 통념과 반대로 내보이고
> 싶어 하는 모습이 진짜일 수 있다. 내보이고 싶어
> 하지 않는 모습이 가짜일 수 있다.

이미테이션, 가짜, 더미라니. 그가 어째서 가짜인가. 자신의 미학과 철학과 예술관을 통틀어 가장 아름답다고 여기

135

는 모습으로 등장했는데. 그렇게 연습했는데, 그토록 오래 수련했는데. 연극이 끝난 후 극장 밖 복도에 서서 관객 한 명 한 명에게 인사하는 배우를 떠올려보자. 그다음엔 땀과 열기로 번들거리는 그의 얼굴을 그려보자. 그에게 이날 참 된 시간은 극장 밖 복도였나, 극장 안 무대였나.

일기가 진솔한 감정의 기록이라는 오해를 받듯, 꾸밈과 딴청 역시 진솔하지 않다는 오해를 받는다. 가공과 편집 또한 많은 경우 부정적인 의미로 쓰이곤 한다(크리스토퍼 놀란 감독이 추구하는 노동 집약적인 리얼리즘은 얼마나 많은 상찬을 받는지). 하지만 천녀유혼 분장을 한 배우, 이미테이션 가수, 일기장 안의 나는 각각 자신이 되고 싶은 모습을 일정량의 꾸밈, 딴청, 가공, 편집을 통해 드러낸다. 우리 중 누가 더 자신을 객관적으로 잘 파악하고 있는가, 라는 질문은 중요하지 않다. 나와 그들을 포함해 우리는 자신의 상像이 언제나 진짜보다 조금쯤은 더 나은 상이길 바라는 심정으로 살아간다. 그리고 '짜고 치는' 쇼로 익히 알려진 레슬링 경기(각본, 기술, 연출이 중요하다는 의미에서 예술과 꼭 같은)에서 선수들의 등과 허벅지에 진짜 손자국이 남듯, 우리의 이 헛발질에도 매번 진짜 통증이 따른다.

황조롱이가 다녀온 곳

　　　　　　　　동네 천변 벤치에 앉아 망원
경을 꺼내 든다. 뙤약볕 아래를 오래 걸었기에 그늘과 빈자
리가 고맙기만 하다. 렌즈 안, 상공의 새는 황조롱이다. 홀로
하늘을 휘도는 존재는 날갯짓을 하지 않고도 대기에 떠 있
다. 자전거 페달을 밀지 않고 나아가는 사람처럼, 허공을 부
유하는 포대처럼. 나는 입을 다물고 새를 올려본다. 이 순간
은 비행술의 추진력, 양력, 작용 반작용의 원리를 헤아리기
보다 그저 경이에 빠지고 싶다. 내가 영영 다가갈 수도, 친
밀해질 수도 없는 생명체를 깊이 존경하고 싶다. 사람이 새
를 조심하지도, 두려워하지도 않고 산 지 너무 오래되었다
는 생각이 든다. 새를 귀엽거나 징그러운 것, 먹을 수 있거
나 먹을 수 없는 것으로 분류하는 사람들은 새에게서 멀어
진다. 새를 히치콕의 〈새〉와 통합하는 사람들은 새를 상징

으로 읽으면서 새에게서 다시 멀어진다. 허름하고 야만적인 범주 망을 벗어난 새는 낮달을 건너 또 어딘가로 떠난다.

내려오지 마. 이 좁고 우스운 땅 위에. 내려오지 마.
네 작은 날개를 쉬게 할 곳은 없어.*

나는 이상은이 〈새〉라는 노래를 만들 때 품었던 인간에 대한 환멸과 비인간에 대한 동경에 고개를 끄덕인다.

"엄마, 깜짝이야."

망원경을 내리자 내 무릎에 두 발을 올린 검은 개가 보인다. 개 뒤에는 초등학생으로 보이는 남자아이가 있다. 나는 온유한 어른 배역을 서둘러 맡는다.

"너무 예쁘다. 이름이 뭐예요? 몇 살이에요?"

"까미요. 세 살이에요."

"혹시 만져봐도 돼요?"

고개를 끄덕이는 보호자와 나를 번갈아 본 개는 내가 목덜미를 쓰다듬어주는 것을 허용한다. 개는 나의 반바지, 종아리, 운동화, 가방에 강렬한 흥미를 내보인다. 부드러운 털과 재밌는 냄새. 서로에게 필요한 것을 줄 수 있는 우리는

---

* 〈새〉(이상은 6집《공무도하가》, 1995년)의 가사.

약간 들뜬다. 경계심을 푼 듯한 남자아이가 묻는다.

"그건 뭐예요?"

"망원경이요. 멀리 있는 걸 가까이 당겨 볼 수 있는데. 한 번 볼래요?"

안경을 벗어야 해서 망설이는 걸까. 렌즈 조절을 잘하지 못할까 봐, 낯선 사람과 거리가 불쑥 좁혀질까 봐 긴장한 걸까. 남자아이는 한동안 입을 다물었다가 말한다.

"아뇨, 괜찮아요."

탐색을 더 하려던 까미가 보호자를 돌아본다. 잠시 좋은 시간을 나눈 우리는 곧 인사한다. 손을 흔들던 나는 망원경에 대한 아까의 설명이 느끼했다고 생각한다. 까미를 까뮈라고 기억하고 싶은 욕구는 더 느끼하다고 생각한다. 까미는 검고 어리고 활발한 개, 까미로 기억하는 게 맞다. 나는 이제부터라도 벤치에 담백하게 머물기로 한다.

"뚜르릉, 뚜르릉. 비켜나세요. 좌전거가 나갑니다, 뚜르르릉."

머리카락을 짧게 친 소년들이 눈앞에서 쏜살같이 지나간다. 세 대의 자전거, 세 명의 남자아이. 동요를 헤비메탈로 담백하게 바꿔 부르는 저 아이들에게 나라의 미래를 맡겨도 될 것 같다. 욕설 없는 존대어로도 주변을 충분히 시끄럽게 만들 수 있다는 사실을 알려주는 소년들. 이 정경이 희망이 아니면 어떤 정경이 희망이란 말인가.

아이들과 흑점을 구분할 수 없게 되었을 즈음, 누비 코트에 누비바지를 입은 여자가 다가온다. 한낮 온도는 30도가 넘지만 여자는 더위를 타지 않는 듯하다. 아마 언젠가부터 옷과 피부를 구분할 수 없게 되었는지도 모른다. 무거워 보이는 배낭을 맨 여자는 참외 하나를 껍질째로 먹는다. 그리고 자기 자신과 막힘없이 대화한다. 방금 자기 말에 웃으며 답하고, 답한 뒤 웃는다. 어떤 얘기에는 깊은 감흥을 받았는지, 허벅지를 세게 내려치며 폭소한다. 얼굴이 붉게 익은 여자는 조금도 지쳐 보이지 않는다. 가로수가 없는 긴 길을 영영 거닐 수 있을 것처럼. 여자가 꽉 움켜쥔 참외는 이제 조그만 생닭처럼 보인다.

연인들, 학생들, 관광객들이 재난을 피하듯 카페로 들어간다. 누비 옷차림의 여자와 벤치에서 메모 중인 나는 각자의 이유로 홀로 있다. 홀로 있지만, 너무 멀지 않은 거리에, 너무 다르지 않은 모습으로. 종이에 쓰는 자문자답과 입으로 뱉는 자문자답은 얼마만큼의 차이가 있을까. 여자는 내 머릿속 질문이 흥미롭다는 듯한 눈빛을 던진다. 그러다 금세 단호한 표정으로 참외를 과격하게 베어 문다. 차이는 있다. 문답을 일기에 남긴 나는 일기장을 덮는 순간, 헛된 생각과 일별했다고 믿는다. 수염과 발톱을 가진 점액질 잡념이 세상에 나가지 못하도록 봉인했다고 착각한다. 멀쩡한 표정으로 외출하면 아무도 내 치부를 발견하지 못할 거라고 오인한다.

알아들을 수 없는 말을 중얼거리는 사람, 뭔가를 뜨겁게 보는데 초점이 없는 사람, 벽과 대화를 시도하는 사람. 그러니까 자신만의 생각으로 온몸이 과열된 사람들과 눈이 자주 마주쳤던 건 순전히 우연일까.

'오지 마, 오지 마요. 이쪽으로 안 오시면 안 될까요.'

버스, 지하철, 길가에서 속으로 되뇔수록 곁에 가까이 오던 이들. 계절 감각과 사회 통념과 자아 일부를 어딘가에 유실한 이들. 우리는 그때 서로에게서 어떤 영감을 발견한 걸까. 무엇을 의식하고 시선을 나누게 된 걸까. 일기를 인격이 없는 주치의로, 때로는 인격이 있는 묵주로 여기는 나의 상태는 괜찮은 걸까.

내가 어떤 자리에서 쾌적하기만 했다면, 그 자리의 악당은 나일 확률이 높은 것과 마찬가지로 내가 괜찮게 지낼수록, 괜찮지 않은 건 일기일지 모른다. 자신으로 꽉 찬, 여백 없이 자신뿐인 사람은 내가 세상에서 가장 경계하는 유형. 그러니 나의 일기는 나를 가장 경계할 수 있다. 창문 하나 없는 벽돌색 집이 숨 쉴 수 없이 갑갑할 것이다. 알 수 없는 말과 알기 싫은 말을 빼곡히 적고 문을 서둘러 닫아버리는 내가 야속할 것이다. 홀가분하게 산책을 다녀온 뒤, 내키는 대로 여정을 적는 내가 이기적으로 느껴질 것이다.

다음 날 아침, 생수를 벌컥거리는 내게 친구가 말한다.
"너 어제 취해서 전봇대랑 얘기한 거 기억나?"
"에이, 거짓말. 말도 안 돼."
그러나 기억은 드문드문 선명해지기 시작한다. 얼마간의 알코올로 관대해진 전두엽이 빗장을 살짝 풀었을 때, 나 대신 일기가 문을 비집고 나간 것이다. 황조롱이와 까미와 누비 옷차림의 여자를 데리고 전봇대 앞에 갔던 것이다. 내가 놓친, 의식 너머 그 장면은 샤갈풍이었을까, 키리코풍이었을까. 그도 아니면 프랜시스 베이컨풍이었을까. 테이블 위에 놓인 일기장은 오늘따라 유독 왜소해 보인다. 그대로 두자. 더 쉬게 하자. 나는 날개를 접고 모로 누운 일기를 선불리 깨우지 않는다.

원 데이

데이비드 니콜스의 소설 『원 데이』는 영화와 드라마로 각각 만들어진 바 있다. 7월 15일이라는 편집 지점이 형식이자 내용인 이 이야기는 1998년부터 2007년까지 한 여자와 남자의 하루를 조명한다.

영화는 여자와 남자는 결코 친구가 될 수 없다는 유구한 편견을 동력으로 삼는 동시에 행복은 결국 밖이 아닌 안에 있다는 동화 『파랑새』의 주제를 변주한다. 〈원 데이〉의 가장 매력적인 점은 이 이야기가 7월 15일이 아닌 날을 일절 다루지 않는다는 것이다. 결혼식이나 장례식 같은 날이 7월 15일에 열리지 않았다면 그게 아무리 중요한 날이라도 극에 전면화되지 않는 식이다. 365일 중 단 하루만 집어내기, 그 단위를 유지하기. 이 틀이라면 지독히 무덤덤한 이야기라도 생기가 돌지 않을 수 없다. 이런 방식의 전개는 시간이 흐를수록 고유의 선율과 리듬이 강화되기 때문이다. 영화 〈패터슨〉, 〈보이후드〉, 〈비포 선라이즈〉의 리듬 또한 흐르는 시간을 묵묵히 길어 올릴 때 생겨났고 말이다. 세상의 거의 모든 이야기란 시간에 따른 존재의 변화를 담는 틀이라고 정의할 수 있다면, 그리고 시간 자체가 서사의 밀도에 일정한 화학작용을 일으킨다고 주장할 수 있다면, 창작자의 재능이란 다른 무엇보다 시간을 잘 다루는 일, 달리 말해 이야기의 호흡과 편집 지점에 대한 정교한 감각이 될 것이다. 연 만큼 닫고, 끈 만큼 밀고, 가까웠던 만큼 멀어지게 하는 일이.

다시 '원 데이' 이야기로 돌아가볼까. 2024년, 넷플릭스 14부작 드라마로 나온 〈원 데이〉로. 7월 15일과 배우 둘이 주인공이었던 영화와 달리 이 드라마의 주인공은 여럿이다. 7월 15일과 배우 둘, 그리고 음악과 대화. 나는 먼저 여자 주인공 엠마에게 눈길이 갔다. 무엇보다 미국 배우였던 엠마가 인도 출신 영국 배우 엠마로 변화한 것이, 2011년 영화의 엠마가 앤 해서웨이, 2024년 드라마의 엠마가 암비카 모드라는 점이 흥미로웠다. 게다가 영화보다 풍성해진 대화에, 즐겨 들었던 밴드와 뮤지션들의 곡에 전신이 자꾸 나른해졌다. 아니, 이게 뭐야. 이 노래는 완전히 잊고 있었는데. 와, 여기서 이 도입부를 듣다니. 좋아하던 곡들이 거의 메들리

수준으로 나오는 바람에 금세 헤드폰을 꺼내야 했다.

(스포 주의 단락) 그런데 이 시리즈에서도 여자 주인공 엠마는 허망하게 죽고 말았다. 남자 주인공 덱스터가 새로 열 가게의 자리를 보러 가는 길에. 허망한 점은 또 있다. 덱스터의 가족 그리고 그의 여자 친구 가족이 극에 상세히 소개되는 중에도 엠마의 가족은 전화기 너머에 있을 뿐 한 번도 등장하지 않는다. 엠마가 만났던 교장 역시 엠마의 장례식에 오지 않는다. 그래서일까. 잘 꾸린 각본과 좋은 설정과 배우들의 인상적인 연기에도 불구하고, 극이 끝난 뒤에는 씁쓸한 미련이 남는다. 똑똑하고 솔직하며 책을 읽고 글을 쓰는 페미니스트 유색인 여성의 죽음. 내가 바란 건 이런 끝이 아닌데. 팔루스 바깥도 팔루스라면 여성은 없다, 는 라캉의 뼈아픈 말을 굳이 지금 떠올리기 싫은데. 그러니까 나는 엠마의 엔딩을 알고도, 이번 엠마는 다른 엔딩을 맞이하길 소망했던 것 같다. 아무 과장 없이 여자들은 창작물 안에서도, 밖에서도 너무 많이 죽고 있기 때문이다.

공유 작업실에 나가던 시기, 일과를 마친 새벽이면 공용 공간의 소파에 앉아 책을 읽거나 일기를 쓰곤 했다. 소파 구석 자리에 몇 번이나 갔을까. 커피를 타던 누군가 내게 말을 건넸다.

"무서워요."

나는 고개를 틀고는 되물었다.

"네? 뭐가요?"

"나는 뭘 쓰는 여자가 무서워. 뭘 읽고 쓰는 여자가 세상에서 제일 무섭다고요."

그는 어리둥절해하는 내게 자신의 유년기 트라우마를 들려주기 시작했다. 천일야화와도 같은 사연을 듣는 동안 머릿속에 물음표가 쉬지 않고 생겨났다. 나는 이 시간이 무서운데? 묻지 않은 이야기를 쉬지 않고 듣는 이 시간이 더 무서운데?

동북아시아에 속한 한국에서, 한국에 속한 장녀로서 뭔가를 읽고 쓰던 시간은 개인이 되는 연습 시간이었다고 해도 큰 너스레는 아닐 것이다. 입을 닫은 채 펜을 쥐고 있으면 가족들이 기웃거리며 물었다.

"뭐 하는 거야? 뭘 그렇게 써?"

골똘한 표정으로 종이를 보고 있는 모습이 거북한 걸까. 몸은 여기에 있지만, 마음은 다른 곳에 있는 것 같았을까. 부모님과 동생들은 고맙게도 내가 써내려간 글을 엿보려 하지 않았다. 다만 한집에 사는 누가 뭔가를 쓰고 있는 모습을 자주 낯설어했다. 할 일이 많은데, 우리와 함께 있는데, 방해하기 싫지만 방해받기도 싫은데.

"야, 다른 데 가서 써. 거슬려."

"맞아. 자꾸 신경 쓰여."

적막을 깨부수는 동생들의 고함은 그래서 상쾌했다. 조금도 불편하지 않았다. 돌아보면 이해할 수 있다. 각자의 고충을 이고 귀가한 이들은 뭘 읽거나 쓰는 내가 반갑지 않았을 것이다. 거기다 그 일이 지나치게 사사롭다면, 생계와 무관하다면, 괜히 집 안 공기만 무지근하게 만들고 있다면.

아닌 게 아니라 나는 일기에 정말 사사롭고 생계와 무관하며 무지근하기 짝이 없는 사적 언어를 적었다. 표준 감각이 아닌 내 감각을 남기고, 공동의 시공간이 아닌 내 시공간을 만들었다(이를테면 영화나 소설을 만나고 나서 다른 사람들의 의견을 접하기 전에 내 의견을 먼저 일기에 남기는 식으로. 이 방법은 급한 동조를, 다시 말해 타인과의 빠른 동질화를 어느 정도 피할 수 있게 해준다). 시도 희곡도 소설도 아닌 한 뼘의 글. 얼기설기 엮은 그 둥지엔 나뿐만이 아니라 내게 친밀한 존재들이 자리했다. 영화나 소설에서 사귄 벗들, 혼자 이름을 붙여본 동네 동물, 언젠가 다시금 기대고 싶은 순간과 풍경(마찬가지로 다른 사람들이 고른 이미지를 접하기 전에 내 기억에 남은 이미지를 먼저 일기에 남기는 식으로).

그러니 일기는 세상에서 제일 작고 편한 집, 좁고 넓은

숨구멍, 단기 진통제…. 아니, 그러니까 뭐가 그렇게 거슬리는 거지? 진짜 약물에 의존하는 대신 지극히 현실적인 일기 쓰기로 잠시 현실도피를 하는 일이 뭐 그렇게 나쁜 짓이라고. 내가 마크 렌튼처럼 마약을 찾겠다고 변기로 들어가 헤엄을 친 것도 아닌데.*

결국 쓰기를 멈추고 고개를 들면 엄마와 아빠가 두런두런 이야기를 꺼냈다. 동생들이 기다렸다는 듯 장난과 시비를 걸었다. 엄마는 특유의 쌉쌀한 말맛으로 누군가의 성대 모사를 생생하게 했다. 아빠는 이야기 구성에 세련미가, 전개에 비상한 예측 불가성이 있었다. 두 동생은 지독한 상황극의 달인들이었다. 우리 가족은 두 개의 여행 일화를 어제 일처럼 꺼내 재생시킬 수 있었다. 미개통 도로 근처의 허허벌판에 갔을 때 그리고 이름 모를 해수욕장에 갔을 때.

   1. 벌판은 춥고 우리는 배가 고프다. 차에 컵라면과
   버너가 있어 다행이다. 기세등등하게 버너 가방을
   들고나온 아빠는 정말 제임스 본드라도 된 것 같다.

---

* 1996년 영화 〈트레인스포팅〉의 유명한 장면 중 하나. 마약을 놓친 마크 렌튼(이완 맥그리거)이 변기 안으로 들어가 물속을 헤엄치는 모습은 더럽고 아름답다.

몇 초 뒤 가족 모두가 충격과 공포에 휩싸인다. 가방 안에 장비만 가득한 것이다. 아빠가 버너 가방인 줄 알고 챙긴 물건은 드라이버와 니퍼가 든 공구함이다.

2. 다음 해변 나들이에서 엄마는 회심의 4단 도시락을 준비한다. 열렬한 물놀이를 마친 우리는 배가 고프다. 밥에 단무지만 먹어도 행복할 것 같다. 기세등등하게 찬합을 연 엄마는 정말 가이아라도 된 것 같다. 몇 초 뒤 가족 모두가 충격과 공포에 휩싸인다. 하필 그때, 누군가 배로 백사장 슬라이딩을 하는 바람에 네 개의 도시락 위로 모래가 쏟아진 것이다.

추억 탐사 현장에서 깔깔대던 나는 다시 막막해진다. 동생들이 보면 바로 '진지충'이라고 놀릴 만한 얼굴이다. 책을 내기 시작할 즈음부터 엄마는 내게 이면지로 엮은 공책을 준다. 손을 다칠까 봐 호치키스 철이 박힌 자리를 마스킹 테이프로 여러 번 감싼 노트다. 아빠는 내게 튼튼한 의자와 책상을 준다. 모기에 뜯긴 팔을 보고 창문에 방충망도 달아준다. 이 선물들의 뜻은 또렷하다. 글을 편히 쓰라고, 뭔가 생각나면 꾸물거리지 말고 바로 적으라고. 이 마음 앞에서 나는 장녀인데도 귀남이*가 된 것 같은 기분을 지울 수 없어 고개를 숙이고 두 손을 매만진다. 이 사람들이 그때 자신의 일기장을 갖고 있다면 좋았을 텐데. 그곳에도 자신의 시공간을 부리면 좋았을 텐데. 그러면 벌판과 해변에 대한 기억이 각기 다른 선율과 리듬을 지닌 다섯 개의 이야기로 늘어났을 텐데.

모든 사람에게 뭘 읽고 쓸 수 있는 나날이 더 주어진다면, 그럴 수 있는 여력이 주어진다면. 그러면 뭘 읽고 쓰는 여성과 여성스러운 존재들이 '예민하다, 이기적이다, 고집이 세다, 유난을 떤다, 싹수가 없다, 속에 별걸 다 담아둔다, 악바리처럼 자기 것만 챙긴다, 쓸데없이 사람들을 불편하게 한다' 같은 말 대신 다른 말을 들을 수 있을 텐데. 메마르고 난폭한 간섭이 아닌 순하고 포근한 격려를.

---

* 1992년에 방영된 MBC 드라마 〈아들과 딸〉에서 이귀남(최수종)은 아들이란 이유로 늘 특혜를 누리면서도 쌍둥이 여동생 이후남(김희애)에게 복잡다단한 죄책감을 품고 있다.

미완의 이미지

어쩌다 몇 년 전, 멀게는 수십 년 전의 일기를 보면 소름이 돋는다. 빈말이 아니고 너무 못 써서 한 줄, 한 줄 읽어 내려가기가 무섭기 때문이다. 그래도 당시에 그 같은 정신머리로 썼던 글을 주변 사람들에게 내보이면서 당장 그만두라든가, 전연 가망이 없다는 말을 들은 기억이 없는 걸 보면 이런 물음이 생긴다. 그걸 읽은 사람들은 대체 어떤 인내심을 발휘했던 걸까. 내게 상처를 주지 않기 위해, 사기를 꺾지 않기 위해 마음속에 어떤 각오를 아로새겼던 걸까.

예전에 소설을 쓸 때는 행간도 단락 구분도 없이 글 뭉치를 눈 뭉치처럼 만들었다. 편집을 틈 없이 빽빽하게 했다. 혼자 쓰고 혼자 읽으니 상관없었다. 그런데 내가 글자 배열을

훑어보기도 싫게 만들었던 이유는 무엇일까. '혹시 읽을 거면 읽고 아니면 말아. 대신 읽을 거면 나라는 텍스트를 집중해서 좀 성의 있게 봐줘.' 여러 일터를 전전하며 하대와 무례에 지쳤던 나는, 그때 틈틈이 썼던 내 글마저 소홀한 취급을 당하지 않길 바랐던 것 같다. 그래서 약도와 입구를 불친절하게 표시한 글로 독자를 선택하려 들었다. 가독성을 높였는데도 읽히지 않을까 봐, 어차피 가독성은 신경 쓰지 않았다는 자세를 미리 취한 것이다. 말하자면 자체적 또는 자폐적인 전략이었다고 할까. 하지만 생각지도 못한 일격은 언제나 옆구리로 훅 들어오기 마련. 글을 다 훑어본 누군가 말한다.

"노래는 많은데 히트곡은 하나도 없는 가수 같아요."

그때도 지금도 세상은 얼얼하다. 얼이 빠진 채로 돌아다니다 보면 어깨와 무릎이 꺾이기 일쑤다. 그렇지만 문장마다 가드를 올리려던 내 방어 심리는 꽤 옅어졌다. 누군가 한 줄이나 한 단락에만 동감해도 괜찮다. 글이란 물론 유기적인 덩어리지만, 독법은 각자 다르고 또 바뀌어가니까. 이모토가 아마추어적인 것이라면 나는 아마추어일 것이다.

'아르 브뤼'는 대개 아마추어 화가들의 그림을 칭하는 용어로 원시미술이나 원생 미술로 불린다. 좁게는 어린이, 장애인, 재소자들의 그림을 일컫기도 한다. 국내에는 조현병

환자였던 주영애 님의 작품이 널리 알려진 편이다. 보통 남에게 보일 목적 없이 스스로 자기 반복적인 미완의 이미지를 쌓아가는 경향이 있다는 게 이 사조에 대한 보편적 설명이다. 날것, 거친 것, 아카데믹한 기법과 거리가 있는 화풍을 전부 아르 브뤼로 일컬을 순 없지만, 아르 브뤼에 이러한 속성이 있다는 것도 부정할 순 없다. 이 용어를 지은 프랑스 화가 장 뒤뷔페는 아르 브뤼의 구성 조건을 다음과 같이 꼽았다고 알려진다. 1. 예술 훈련을 받지 않을 것. 2. 문화라는 조건 안에 있지 않을 것. 3. 창작 과정에서 침묵과 익명성이 지켜질 것.

나는 꽤 오랫동안 아르 브뤼와 일기가 자매 비슷한 사이라고 생각했다. 둘은 프로나 거장이 될 생각이 눈곱만치도 없다. 특별훈련, 극기 체험, 자기 계발에도 별 관심이 없다. 이 자매는 차라리 유희, 강박, 미시, 착란, 근면에 끌리며 그게 더 기질에 맞다. 아르 브뤼와 일기는 정점을 향해, 마지막 일발을 향해 가지 않는다. 둘은 언제까지고 자기 보폭, 자기 속도, 자기 언어를 지키는 데 공력을 들인다. 세상은 이러한 비전문성과 반대중성을 별로 선호한 적이 없다. '일기는 일기장에'라는 말은 정돈되지 않은 타인의 사념을 상대하기 싫다는 말, '아주 소설을 쓰고 있다'는 말은 허무맹랑한 공상과 돼먹잖은 거짓말을 관두라는 말. 일기와 장르 소설을 다 쓰고 앉아 있던 나는 숱한 오해에도 과묵한 이 친구들을 변호하고 싶어질 때가 있다. 일기와 장르 소설은 어떤 상위 문학을 떠받치는 하위 문학이 아니라고. 이 둘은 생활을 예술로, 예술을 생활로 들이는 범용성이 매우 큰, 고유의 오랜 장르라고. 그리고 세상의 큰 말은 언제나 작은 말로 엮여 있다고.

원도 작가의 『경찰관 속으로』라는 책에는 '강늡때기'라는 이름을 가진 할머니 얘기가 나온다. 얼굴이 넙데데하다는 이유로 아버지가 내내 그렇게 불렀다고 했다. 그 여성은 출생신고조차 안 돼 있어 그런 별칭으로 무려 80여 년을 살았다. 교육이란 걸 아예 받지 못했다. 지역민 구술사 취재를 위해 먼 지역으로 인터뷰를 하러 다녔을 때, 내가 마주한 여성들의 사연도 묵직하기 그지없었다. 이들은 매일 일기장 바깥에 보이지 않는 일기를 틈틈이 쓰고 있었다. 혼인 당일에야 남편의 얼굴을 처음 본 여성. 50리 거리의 시가로 이사 온 이후 고향에 거의 가지 못했다는 여성. 결혼한 지 채 몇 개월도 지나지 않아 남편이 전쟁에 불려갔다는 여성. 그중 90세를 목전에 둔 누군가는 이렇게 말했다.

"그 소란이 끝났는데 보상도 없고 딸도 남편도 세상을 뜨고 참 허무한 세상이야. 모르겠어. 모든 게 컴컴해."

'내 얘기를 책으로 쓰면 열 권은 나올 거다'라는 말은 글을 쓰는 사람들이 가끔 듣는 호언장담으로, 여기에 발화자의 완강한 태도와 고압적인 언행이 더해지면 대부분 휜소리로 들리는 게 사실이다. 요컨대 내 쪽의 이야기는 다 완성되었으니 너는 받아 적기만 하면 된다는 요청을 진지한 부탁으로 해석할 수 없는 것이다. 그러나 이 말을 곱씹어보면 어딘가 신경 쓰이는 구석이 있다. 왜 이 앙상한 관용구 하나가 이토록 오랜 생명력을 가지게 되었을까. 어쩌면 이런 욕망을 가진 이들에게 다른 표현과 선택지가 너무 적었던 게 아닐까. '(나는 글을 읽고 쓸 줄 아는 너와 달리 내 이야기를 쓸 여력이 없다. 그래도 나의 파란만장한 이야기가 어딘가에 남아 사라지지 않았으면 좋겠다. 나의 풍파와 곡절은 나만이 안다. 그러니까) 내 얘기를 책으로 쓰면 열 권은 나올 거다.' 나는 이 관용구에, 축약된 문장에 스민 속뜻을 그 자리에서 바로 알아챈 적이 한 번도 없다.

세상이 변하고 있다고 말할 때, 기대와 우려가 섞인 미래를 논할 때 우리는 그 자리에 누굴 불러 앉혀야 할까. 재난, 고립, 가난, 질병과 같은 무작위적 위기 앞에서 곧장 약해질 수 있는 이들에게 아무 약도와 입구를 일러주지 않으면 말이며 글이며 죄다 무슨 소용이 있을까. 역설적으로 소용없는 글에 매달릴수록 염두에 두는 사항이 있다. 그저 세상의 숱한 직업 활동 중 하나라고 여긴 글쓰기, 이 판단이 자명한 사실이어도 세상에 글을 하나둘 더해가는 동안은 몇 가지 책임을 질 것. 1. 주어진 지면을 근면하게 채워가기. 2. 해야 할 이야기를 나라는 통로로 잘 전달하기. 3. 그 통로가 덜 오염될 수 있도록 수시로 닦기. 그건 이 일이 아무리 작은 힘이라도 힘을 내보이는 행위라는 사실을 미약하게나마 자각하고 나서다.

여섯 번째 장편소설이 나왔을 때, 엄마는 책을 사 보겠으니 보내지 말라고 했다. 그러더니 며칠 후 내게 전화를 걸었다. 전에 없이 여리고 순한 목소리였다.

"책 사러 큰 서점 나왔는데, 네 책이 아직 없는 것 같아."

"아, 그래? 거기 입고가 안 되었나 보네. 내가 집으로 보낼게."

"그럴래? 그럼 잘 받을게. 고마워."

통화를 마치고 얼마 뒤, 나는 아랫입술을 깨물었다. 『레이디스, 테이크 유어 타임』. 엄마는 소설 제목이 입에 붙지 않았던 것이다. 길고 어려운 제목을 직원에게 제대로 전할 수 없던 것이다(이 짐작이 꼭 틀렸길 바라지만).

나는 희극인 듀오가 흑인 분장을 하고 나오는 코미디 코너를 좋아하던 어린이였다. 반복되는 비트와 댄스가 재밌기

160

만 했다. 힘없는 변명을 하자면, 그때는 그러한 쇼가 심각한 인종 차별적 요소를 지니고 있다는 사실을 인지하는 이가 드물었다. 차별이란 감각 자체를 불편해하는 사람이 적었다. 이게 그저 까마득한 일일까. 어느 전근대적 시절의 좁은 그늘 한 점일 뿐일까. 눈을 껌뻑이다 보면 지난달의 소설, 그제의 일기, 하다못해 아까 했던 말이 전부 급속도로 쇠락해질 수 있다는 사실을 간과하면 안 된다는 생각이 든다. 자체적 또는 자폐적인 전략을 지닌 일기인으로서 꾸는 꿈은 그래서 다음과 같다. 멈추고 돌아보며 작은 일에 정성을 다할 것. 되도록 매일 조금씩 그렇게 할 것. 그리고 이 지지부진한 연마를 통해 내가 언젠가 완성된 무엇이 될 수 있다는 꿈은 꾸지 말 것.

나가며

기억하라, 당신은 하나다

손바닥의 굳은살이 옥수수 씨눈 크기에서 옥수수알 크기로 커졌다. 비가 오든 눈이 오든, 심란한 날이든 덜 심란한 날이든 헬스장에 가다 보니 양손의 씨눈이들이 조금씩 자라난 것이다. 운동을 마치고 집에 돌아오면 색연필을 쥐고 일기장을 펼친다. 그러고는 날짜 주위로 초록색 동그라미를 둘러친다. 알약 또는 탄피 모양의 작은 동그라미를. 나는 어느 시기부터 이 동그라미들을 믿을 만한 아군으로 여긴다. 하지만 종이 위에 옹기종기 모인 원들이 무력을 쓰진 않는다. 이들은 세계의 평화 대신 그저 나라는 비균질한 세계의 평화만 수호한다. 느릿느릿, 어슬렁어슬렁 일기만 썼기 때문일까. 그렇게 포복 자세로 지내면서 시야가 좁아진 걸까.

픽션을 쓰기는커녕 타인의 픽션도 소화하지 못하는 시기가 불쑥 찾아온다.

"체포하라, 파면하라, 해체하라, 투쟁! 체포하라, 파면하라, 해체하라, 투쟁!"

반복해서 할 말은 이뿐이고 집회는 매번 집과 먼 곳에서 열린다. 서울에서 돌아오면 이틀, 대전에서 돌아오면 하루를 잠잠히 쉬어야 한다. 날짜 주위로 초록색 동그라미를 둘러치지 못하는 날이 늘어난다. 올해 일기장 속 겨울 챕터는 잎사귀가 우수수 떨어진 가시나무 같다. 이런 때일수록 몸을 써야 해. 알지? 생각을 접고 움직여. 나는 나를 닦달해 옷을 껴입고 밖으로 나선다. 운동을 마친 뒤에 하루를 초록색 동그라미로 감싸주고 싶다는 다짐 하나로. 이 다짐마저 태평했을까. 헬스장 문 앞에 붙은 안내문을 본 순간 입이 벌어진다.

26년간 운영했던 헬스장을 아쉽게도 금주까지만 엽니다.
그동안 이곳을 아껴주신 분들께 진심으로 감사드립니다.

눈에 초점이 사라진 관장님이 회비를 돌려주며 말한다. 건물주가 갑자기 임대료를 올려달라고 했다고. 다른 공간을 알아봤는데 녹록지 않았고 운동기구들은 조만간 지인이 처리하기로 했다고. 나는 곧 고철 더미가 될 아령을 천천히 쓸

어본다. 정들었던 무쇠 친구들은 여길 떠나 어디로 가나. 신발장의 운동화들은 벌써 반 이상 사라지고 없다. 두꺼운 점퍼를 입고 목도리를 두르고 비니를 썼는데도 실내가 따뜻하지 않다.

　새로 맞춘 안경은 세상 구석구석을 한결 자세히 보여준다. 길모퉁이의 죽은 쥐, 죽은 쥐의 벌어진 입, 벌어진 입속의 혀와 쌀알만 한 이빨까지. 몸을 부르르 떨고 하늘을 올려본다. 항상 뭉툭한 것 같았던 구름 테두리가 날카로워 보인다. 슬픔도 기쁨도 선명한 거리. 이렇게까지 고해상도로 봐야 할 필요가 있을까 싶은 세상. 개천가를 한참 걷던 나는 여기서 매일 운동을 하는 사람인 척 팔굽혀펴기를 한다. 물을 마시던 고양이가 수상해 보이는 나를 주시한다. 가방에서 사료를 꺼낸 행인이 고양이에게 손짓한다.
　"쟤가 사람을 좋아해요. 걱정될 정도로."
　고양이는 그를 향해 주저 없이 힘껏 달려간다.
　"조심조심 지내라."
　그는 고양이에게 인사를 하자마자 자리를 뜬다. 나도 줄게 있나. 가방을 뒤지던 나는 스트랩에 매달린 플라스틱 조각을 만지작거린다. 핀을 뽑으면 귀청을 울리는 소리가 나는 호신용 경보기. 이걸로 과연 뭘 물리칠 수 있을까. 이 허술한 도구로 누구를 상대할 수 있을까. 내가 경계하고 의심

해야 하는 건, 정말 막아내야 하는 건 뭘까.

의사당 앞에서 탄핵소추안 의결에 투표하지 않는 국회의원들을 보다가 본가에 간 날, 방에서 옷을 갈아입던 나는 그대로 침대 끝에 걸터앉았다. 투표한 국회의원들을 조롱하는 소리가 문틈으로 들렸기 때문이다. 가족들은 태연하게 말을 잇는다.

"오랜만에 왔는데, 얼른 씻고 밥 먹어."

방에서 경보기 핀을 빼 봤자 아무 소용이 없다. 도와주세요. 여의도보다 여기가 더 추워요. 방이 밖보다 춥다고요. 거실에 있는 가족들을 볼 엄두가 나지 않아요. 아까는 반가웠는데 이제는 아니에요. 눈이 새빨간 나를 비웃을까 봐 화장실에 못 가겠어요. 배가 고픈데 밥을 못 먹겠어요. 이런 신고를 대체 누구에게 한단 말인가.

"너 왜 안 나와?"

"미안해. 나 속이 안 좋아서 좀 쉴게."

"그러니까 추운데 뭐 하러 거기까지 다녀왔어."

방문 밖의 가족들은 다정하다. 그들은 내게 뭐 하나라도 더 먹이고 입히기 위해 분주하다. 하지만 그 온기를 받으면 한기가 딸려 온다. 자꾸 입김이 나온다. 나는 가족을 사랑하지만 좋아할 수는 없는 것일까. 좋아하지만 사랑할 수는 없는 것일까. 어쩌면 우리는 서로를 철저히 비껴가는 방식으로만 서로를 아낄 수 있는지도 모른다. 고민 끝에 가장 빠른

차편부터 집 근처의 숙박업소까지 알아보던 나는 휴대폰을 내려놓고 이불을 뒤집어쓴다. 악의 없는 사람들 앞에서 가방에 달린 호신용품은 쓸모없는 플라스틱 조각. 삐뽀삐뽀 소리를 내는 우스운 장난감.

귀가 후에도 속이 안 좋은 날은 내내 이어진다. 이럴 때 필요한 건 피가 솟구치는 영화. 코랄리 파르자 감독의 〈서브스턴스〉를 보려고 버스를 기다린다. 극장에 자리를 잡은 관객은 나를 포함해 여성 네 명이 전부이고 다들 호러물을 보러 온 사람들답게 신중하고 차분하다. 영화가 시작되면서 의문이 늘어나지만, 주인공 데미 무어가 안간힘으로 내 멱살을 끌고 달리는 바람에 같이 달릴 수밖에 없다. 줄거리는 이렇다. 비밀리에 통용되는 서브스턴스라는 약물이 있고, 매뉴얼에 따라 그 약물을 몸에 주사하면 내게서 더 나은 내가 탄생한다. 정확히는 내게서 떨어져 나온 젊고 아름다운 내가. 주인공은 이제 나인 동시에 남인 그와 매일 균형을 맞춰 살아가야 한다. USB 영상을 통해 약물을 소개하는 남자는 이 말을 강조한다.

기억하라, 당신은 하나다(REMEMBER, YOU ARE ONE).

주인공은 당연히 주의 사항을 지키지 않고 또 다른 자신과 육탄전을 벌인다. 젊고 아름다운 나와 늙고 병든 나는 그렇게 예정된 파국을 향해 질주한다. 나와 더 나은 나의 싸움은 점점 모질고 서글퍼진다. 극장을 나선 나는 프랑켄슈타인이 만든 이름 없는 괴물을 떠올린다. 자신을 창조한 프랑켄슈타인에게서 단 한 순간도 이해받지 못한 괴물. 세상 밖으로 떨궈져 나온 뒤, 자신을 떨궈버린 세상을 숨죽여 구경하던 그를.

점퍼와 목도리와 비니를 벗고 책상 위의 일기장을 쳐다본다. 그러다 몸을 틀어 책장 아래 꽂아둔 일기장들을 내려본다. 먹색, 갈색, 회색, 남색. 내 기호와 취향대로 껍질이 하나같이 어두침침한 색이다. 일기장들이 내 등을 찢고 나온 건 아니지만, 내 피고름과 수명으로 만들어진 건 아니지만 저기에 나의 일부가 쌓인 건 맞다. 나는 시선을 돌려 벽을 본다. 그들은 내 자식이 아니되 분신에 가깝다. 나를 닮지 않았으면서 나를 닮았다.

내가 모은 일기장은 나보다 더 나은 존재일까. 내가 써낸 책들은 나보다 더 나은 존재일까. 아니, 애초에 누가 더 나은지 묻는 건 무의미하다. 그저 나만큼의 나를 담아낸 기록, 그러므로 나에게서 아주 도약하지도 비상하지도 않은 이야기. 활자와 나는 서로를 데면데면 쳐다본다. 지친 우리는 서로 경쟁할 생각이 없다. 공격할 의지가 없다. 나는 너의 결점을 안다. 너도 나의 결점을 안다. 나는 너의 강점을 안다. 너도 나의 강점을 안다. 그런 연유로 우리는 하나가 아니더라도 가까스로 하나다. 미적지근한 사랑과 혁명을 위한 임시적 동맹 관계는 이렇게 연장된다.

"혁명은 안 되고 나는 방만 바꾸어버렸다"는 시 구절*처럼 며칠간 방만 헤집는다. 가구 배치를 바꾸고 집기를 옮긴다. 문 닫은 헬스장을 대신해 방구석에 조그만 헬스장을 만들기로 한 것이다. 아령을 사서 집에 돌아가는 길, 겨울 오전 햇빛은 따사롭고 찬란하다. 나는 매트 앞에 무게가 각기 다른 세 종류의 아령을 늘어놓는다. 이 요새는 방어를 위한 것도, 공격을 위한 것도 아니다. 다만 내게 힘이 있다는 사실을 잊지 않기 위해, 내가 무력하지 않다는 사실을 알기 위해 짓는 것이다. 날짜에 초록색 동그라미를 둘러치지 않더라도 일기장엔 다시 아군들이 모일 것이다. 씨눈이들이 겨울잠에 들더라도 봄은 또 찾아올 것이다. 그사이의 나는 매일 분산되지만, 분열되지 않을 것이다.

분열되더라도 바늘과 실을 찾아 틈을 비뚤배뚤 기워가

* 「그 방을 생각하며」(김수영, 『거대한 뿌리』, 1974년)

170

면 된다. 일기의 결말은 언제나 열려 있고 나날의 이음새는 매끄럽지 않으니까. 대통령 파면 선고일 오후, 아빠에게 암이 선고될 줄 몰랐던 나는 늘 그랬듯 앞날을 전혀 모른 채 다음 날을 맞이한다. 할 수 없는 일은 내려놓고 할 수 있는 일을 하면서. 매일 조금씩 천천히.

종이
묵주

초판 1쇄   2025년 6월 10일

글그림   박문영
편집   곽성하
디자인   일구공
제작   세걸음

펴낸곳   위고
펴낸이   조소정
등록   제2012-000115호
주소   경기도 파주시 광인사길 209, 302호
전화   031-946-9276, 9277
팩스   031-696-6729

hugo@hugobooks.co.kr

ISBN 979-11-93044-31-5 03810